KB039468

시트콤

시트콤

새
소설

01

배
준

장
편
소
설

자음과모음

차례

chapter 0

◇

상담실

문이 열렸다.

실내는 사람의 손이 타지 않아 휑하고 어수선했다. 쓰지 않는 책걸상이나 교육 보조재들이 아무렇게나 쌓여 있어 창고나 다름없었다. 그곳으로 고등학생 남녀가 들어왔다. 키가 비슷해 눈높이가 맞았다. 남학생은 키가 작고 앳된 얼굴이라 언뜻 보면 중학생 같기도 했다. 그에 비해 여학생은 조숙해 보였다. 누가 봐도 여학생이 선배 같았지만 둘은 1학년 동갑이었다.

"이런 데가 있었구나." 여학생이 말했다. "처음 알았어."

"나도 어제야 알았어. 어때?"

남학생은 마치 자신이 이곳을 만들기라도 한 것처럼 두

손을 펼치는 시늉을 했다.

"좀 답답한데……."

"창문 열면 나아져."

여학생의 표정이 시큰둥하자 남학생은 얼른 커튼을 걷고 창문을 활짝 열었다. 초여름의 뜨거운 공기가 매미 소리와 함께 훅 끼쳐 들어왔다. 부유하던 먼지들이 햇살을 받아 반짝이며 빙글빙글 돌았다. 여학생은 기침을 하며 불평했다.

"야, 조금만 열어. 누구한테 들키면 어떡해?"

"괜찮아. 여기 아무도 몰라."

"확실해?"

"청소 안 해서 먼지 쌓인 거 좀 봐. 버려진 곳이라니까."

둘은 탐험하는 기분으로 상담실 안을 둘러보았다. 녹슨 책걸상, 구멍 난 지구본, 빛바랜 인체해부모형, 때가 껴 반투명이 된 비커와 시험관 등 물건에 통일성이 없었다. 창가 옆에는 2인용 소파 두 개와 직사각형 테이블이 놓여 있었는데, 이것들만이 상담실로 이용되었던 시절이 있긴 있었음을 그나마 짐작케 했다.

여학생은 남자 인체해부모형을 손가락으로 쓸어보았다. 먼지가 설탕처럼 묻어났다. 그녀는 손가락을 움직여 심장을 꾹 눌렀다가 천천히 내려와 내장을 하나하나 쓰다듬었다. 그녀의 손가락이 지나간 곳에 길이 생겨 원래의 색이 도드라졌다. 손가락은 더 내려가다가 끝내 성기에 닿았다.

"왠지 으스스하다."

여학생이 즐거운 듯 말하자, 남학생의 표정도 이내 밝아졌다. 그는 서둘러 교복 와이셔츠를 벗어 그것으로 소파를 닦기 시작했다. 여학생은 열심히 움직이는 남학생의 등을 조용히 지켜보았다. 하얀색 티셔츠가 땀에 젖어 등에 들러붙어 있었다. 앙상한 근육이 꼬물거렸다. 그녀는 손가락에 묻은 먼지를 후후 불다가 치마에 문질러 닦았다.

소파는 의외로 깨끗했다. 걸레로 쓴 와이셔츠는 생각보다 더러워지지 않았다. 자세히 보니 유리판이 씌워진 테이블도 먼지 하나 없이 깨끗했고, 맞은편의 소파도 마찬가지였다. 남학생은 조금 불안해졌지만 신경 쓰지 않기로 마음먹었다. 1초라도 빨리 여학생의 목덜미에 입술을 갖다 대고 싶었다. 그는 소파를 향해 정중하게 손짓하며 말했다.

"앉으시죠, 공주님."

"지랄."

여학생이 눈살을 찌푸리며 웃었다. 남학생은 더욱 신이 나서 지껄였다.

"이제부터 여긴 우리 둘만의 오아시스야."

"오아시스는 무슨. 더워 죽겠는데."

"에어컨 있는데 틀까?"

"됐어. 어차피 금방 나갈 건데."

여학생이 소파에 앉았다. 엉덩이와 등이 쿠션에 푹 잠겼고, 식곤증 때문에 눈이 슬슬 감겼다. 남학생이 옆에 앉아 그녀의 어깨를 당겼다.

"비켜, 더워." 여학생이 남학생을 밀어냈다.

"아, 왜."

남학생은 목소리에 애교를 담으며 더 달라붙었다. 그녀는 끝내 못 이기는 척하며 그가 하는 대로 내버려두었다. 그는 그녀의 목덜미에 코를 갖다 대고 한껏 숨을 들이켰다. 샴푸 냄새가 좋았고, 둘은 키스했다. 여학생이 땀으로 젖은 남학생의 등을 안았다. 말라서 조금 안타까운 기분이 들었다.

"……아, 덥다."

남학생은 어색하게 웃으며 말한 후 벨트를 풀었다. 그가 바지를 내리자 사각 팬티의 가운데가 툭 튀어나왔다. 여학생도 슬슬 교복 셔츠의 단추를 풀려는데, 갑자기 상담실의 문이 열렸다.

여학생이 반사적으로 남학생을 밀쳐냈다. 남학생도 기겁하며 바지를 올리고 소파 앞쪽으로 몸을 수그렸다. 발소리를 들어보니 여러 명이었다. 입구 바로 옆에 세워진 파티션이 당분간 시야를 막아주었다. 남학생이 허둥지둥 지퍼를 올렸지만 속옷에 걸려 꼼짝도 않았다. 여학생은 이를 악 물며 입모양으로 말했다.

'빨리 채워!'

'안 올라가!'

여학생은 끝내 그를 테이블 밑으로 밀어 넣었고, 자기도 그 안으로 들어가 숨었다. 테이블 밑은 좁았지만 두 사람이 들어가기에는 넉넉했다. 테이블보가 바닥까지 내려와 그들의 몸을 완전히 가려주었다. 테이블 밑에 쌓여 있던 오래된 먼지가 자욱하게 피어올라 눈과 코를 괴롭혔다. 둘 다 재채기를 할 뻔했지만 간신히 참았다. 남학생이 지퍼를 올리려 하자 벨트가 걸리적거리는 소리가 났다. 여학생이 그의 팔을 꼬집으며 주의를 줬다. 그들은 숨을 죽이고 침입자들에게 귀를 기울였다.

그들은 2학년 선생들이었다. 교무실의 에어컨이 고장나 시원한 곳을 찾아 떠돌다가 상담실까지 흘러든 것이었다. 네 명이었고, 각자 손에 테이크아웃 커피 잔을 들고 있었다. 급식실 밥이 형편없어서 학교 밖에서 식사를 해결하고 돌아온 참이었다.

"창문이 왜 열려 있지?" 선생 하나가 말했다.

"누가 들어왔었나?"

누군가가 창문을 닫았다. 커튼은 걷힌 채로 두었다. 누군가가 에어컨의 스위치를 눌렀고, 전자음이 흘러나오며 팬이 돌아가는 소리가 났다.

"여기는 되네요."

"다행이네. 교무실 에어컨 언제 고친다 그랬죠?"

"오늘 오후에 사람 온다고 했다는 거 같은데, 저도 확실히는 모르겠어요."

"빨리 고쳐야 일을 하지. 찜통이야, 찜통……."

중년의 남녀 선생 한 쌍이 먼저 소파에 앉았고, 뒤이어 젊은 남녀 선생 한 쌍이 맞은편 소파에 앉았다.

"아까 정문에 경찰차 세워져 있던데." 동글동글한 인상의 중년 여선생이 말문을 열었다. "무슨 일 있었나 보죠?"

"아, 그거 멧돼지 때문일 거예요." 젊은 남선생이 대답했다. "오전에 학교 뒷동산에 멧돼지 출몰해서 난리 났었어요. 그거 잡으러 왔을 걸요?"

"아니에요, 그건 3교시 끝날 때쯤에 잡혔어." 중년 여선생이 말했다. "트럭에 싣고 가는 거 봤어요, 멧돼지 시체. 엄청 크더라."

"무서워서 학교 다니겠나, 이거." 중년 남선생이 말했다.

"그러게요." 젊은 남선생이 고개를 끄덕였다.

"제가 알기로는," 젊은 여선생이 말했다. "학교에 치한이 들어왔다던데요."

"치한?"

나머지 세 선생이 동시에 되물었다. 갑자기 동석자들의 주목을 받게 된 젊은 여선생은 약간 쑥스러워하며 말했다.

"네. 근데 저도 아까 저희 반 학생한테 들은 얘기라서……."

"바바리맨 같은 건가?"

"아뇨, 그건 아닌 거 같고, 그냥 바지만 안 입었대요."

"더 악질이네. 가릴 생각조차 없었다는 거잖아."

"위에는 입었고?"

"잘은 모르겠어요, 직접 본 게 아니라서. 하여튼 바지 벗고 운동장 뛰어다녔대요."

"뛰어다녔대?" 중년 여선생이 웃었다.

"미친놈이네." 중년 남선생이 혀를 찼다. "오늘 무슨 날인가? 멧돼지에, 치한에……."

"그러게요." 젊은 남선생이 고개를 끄덕였다.

그때 테이블 밑에 숨어 있던 남학생의 스마트폰에서 '카톡' 하는 메시지 알림음이 울렸다. 그는 서둘러 스마트폰을 무음으로 설정했으나 그 직전에 '카톡, 카톡' 하며 두 번 더 울렸다. 여학생이 잡아먹을 눈초리로 남학생을 노려보았다. 그들은 눈을 질끈 감고 숨을 죽였다.

선생들은 잠시 서로의 눈치를 살폈다. 다들 자기 것은

아니라고 생각하고 있었다. 그들은 곧 누가 먼저랄 것 없이 각자 스마트폰을 꺼내 들었고, 수신된 메시지가 없음을 확인하고 나서 다시 호주머니에 집어넣었다.

"그래서 그 미친놈은 잡혔고?" 중년 남선생이 얼음을 씹으며 물었다.

"아마 잡히지 않았을까요? 경찰차도 세 대나 와 있고." 젊은 남선생이 대답했다.

호기심이 생긴 중년 여선생이 자리에서 일어나 창밖을 내다보았다. 그녀는 한참을 멀찍이 바라보고 나서 말했다.

"어머어머, 진짜로 바지 안 입었네. 웬일이니……."

"보여요?"

그 말에 나머지 선생들도 우르르 일어나 창가로 가서 변태 침입자가 체포되는 광경을 구경했다.

"그래도 팬티는 입었네요." 젊은 남선생이 싱거운 듯 말했다.

경찰차가 화젯거리를 싣고 학교를 떠나자 선생들은 다시 소파에 둘러앉았다. 그들은 말 안 듣는 학생의 뒷담화를 하거나 시답잖은 사회 이슈에 관한 담소를 나누며 잠시 시간을 죽였다. 그러던 중에, 중년 여선생에게 전화가 왔다. 그녀는 창가 쪽으로 물러나 전화를 받았다. 전화는 길게 이어졌고, 여선생의 표정과 목소리가 갈수록 무거워졌다. 그녀는 심각한 얼굴로 고개를 몇 번 끄덕이더니, 전화를 끊고 다시 돌아왔다. 그러나 소파에 앉지는 않았다.

"일이 생겨서 먼저 가볼게요." 중년 여선생이 말했다. "연아 어머니께서 학교에 오셨네요."

"연아요?" 중년 남선생이 말했다. "2학년 1등 이연아?"

"네."

"왜요?"

"모르겠어요. 자세한 건 만나서 이야기하기로 했어요."

"그럼 우리도 슬슬 일어나지." 중년 남선생이 젊은 선생들을 향해 말했다. "우리끼리만 이런 데서 쉬면 눈치도 보이고."

그들은 차례차례 소파에서 일어나 줄줄이 상담실 밖으로 나갔다. 테이블 밑에 숨어 있던 둘은, 선생들의 발소리가 복도 멀리 사라질 때까지 기다렸다가 밖으로 나왔다.

남학생은 나오자마자 기침부터 했다. 여학생은 옷을 털었다. 먼지가 뿌옇게 퍼지자 둘 다 오만상을 찌푸리며 손을 휘둘렀다. 둘 다 땀투성이였다. 남학생이 도로 창문을 열었다. 밖을 보니 멀리 정문에서 경찰차들이 학교를 빠져나가고 있었다.

"우리도 잡혀갈 뻔했다, 그치?" 남학생이 말했다.

"지금 농담이 나와?" 여학생이 발끈했다. "걸리면 정학

당할 수도 있었어.”

“에이, 정학은 심했다.”

“카톡은 또 뭔데? 학교에선 무음으로 해놨어야지.”

“쉬는 시간이라서 잠깐 풀었지.”

“후우우…….” 여학생은 손바닥으로 자기 얼굴을 부채질했다. “지퍼나 빨리 올려. 나가자.”

“응.”

남학생은 지퍼를 손보았다. 그런데 아까와 마찬가지로 꼼짝도 하지 않았다.

“아, 씨……. 안 올라가네.”

“잘 좀 해봐.”

“팬티에 끼었나 봐.”

그때 또다시 상담실 문이 열렸다. 둘은 또다시 테이블 밑으로 아등바등 숨었다.

“정말 혼자 찾아도 괜찮은데…….” 젊은 여선생이 말했다.

“괜찮아요.” 젊은 남선생이 뒤따라 들어오며 말했다. “어차피 5교시까지 시간 많으니까.”

“고마워요.”

그들은 소파로 다가가 쿠션을 젖히며 스마트폰을 찾기 시작했다.

“없어요?” 남선생이 물었다.

"네, 안 보이네요."

"제가 전화 한번 걸어볼까요?"

"부탁드릴게요."

젊은 남선생이 전화를 걸었다. 소파에서 수신음이 울렸지만 스마트폰은 어디에도 보이지 않았다. 남선생은 고개를 숙여 소파에 귀를 기울이다가, 이내 쿠션의 틈 사이에 손을 찔러 넣어 스마트폰을 찾아냈다.

"사이에 끼어 있었네요."

"아, 고맙습니다."

남선생이 스마트폰을 건넸고, 여선생이 그것을 잡았다. 그러나 손에서 빼낼 수 없었다. 남선생이 힘을 주어 꽉 붙잡고 있었다. 그녀가 더 힘을 쥐보아도 그는 줄다리기하듯 다시 잡아당겼다. 스마트폰은 그들 사이에서 팽팽하게 멈췄다. 여선생은 눈을 마주치지 못하고 스마트폰만 내려다보았다. 다시 잡아당겼지만 이번에는 약했다. 남선생은 스마트폰 째로 그녀를 끌어당겨 자기 품에 안았다. 여선생이 밀어내려 했지만 그는 버텼다. 마침내 여선생이 몸에서 힘을 뺐고, 둘은 키스했다.

그들은 소파 위로 누웠다. 남선생이 벨트를 풀었고 여선생은 블라우스의 단추를 풀었다. 둘은 곧 반라가 되었다. 완전히 달아올라 서로의 몸을 탐하려는 순간, 상담실

문이 또 열렸다.

둘은 소파에서 일어나 벗어던졌던 옷들을 서둘러 주웠다. 입을 시간이 없었고, 숨을 데라고는 테이블 밑밖에 없었다. 남선생이 안으로 들어가려고 테이블보를 걷자, 먼저 숨어 있던 학생들과 눈이 딱 마주쳤다.

"………."

그들이 서로를 노려보는 동안, 걸음 소리가 파티션을 지나 점점 가까워졌다. 남선생은 더 생각하기를 포기하고 옷을 구겨 넣고 나서 테이블 밑으로 기어들었다. 학생들은 선생들이 들어오기 쉽게끔 살짝 비켜주었다. 공간이 비좁아 누울 곳이 없었기 때문에 남선생은 오른편에 누워 있던 남학생의 위로 올라탔다. 몸을 완전히 붙이지는 않았고, 등이 테이블에 닿지 않을 만큼만 사이를 벌렸다. 그러자 근력운동을 하는 듯한 자세가 되었다. 여선생도 곧바로 따라 들어와 왼편의 여학생 위로 올라타 남선생과 똑같은 자세를 취했다. 좁은 공간이 훈제실처럼 후끈해졌다. 그들은 각자 눕고 엎드린 채 얼굴을 마주보며 서로의 숨소리를 들었다. 선생의 땀이 코끝에 고였다가 학생의 미간으로 한 방울씩 떨어졌다.

"아깐 좀 더우셨죠?"

불청객 중 하나가 말했다. 창문을 닫고 에어컨을 켜는

소리가 들렸다. 테이블보는 비치지 않는 재질이라 밖이 전혀 보이지 않았다. 목소리로 확인컨대, 아까 연아의 어머니를 마중 나갔던 중년 여선생이었다.

"앉으세요." 중년 여선생이 일행에게 말했다. "누추하지만 일단은 여기만큼 조용한 곳이 없어서요."

소파가 움푹 파이자 공기 새는 소리가 났다. 뒤이어 테이블 위로 무엇인가가 놓였다.

"드세요. 냉장고에서 막 꺼낸 거라 시원해요." 중년 여선생이 말했다.

"고맙습니다." 누군가가 대답했다.

아마도 이연아라는 학생의 어머니일 것이었다. 그들은 일단 안심했다. 불청객들은 테이블 밑에 사람이 숨어 있는 줄은 꿈에도 모르는 듯했다. 덥고 숨 막히고 괴롭긴 했지만, 이대로 참고 기다리면 무사히 위기를 넘길 수 있을 것이었다. 그들은 금방 나갈 수 있을 줄 알았다. 설마 점심시간이 끝날 때까지 내내 이 안에 처박혀 있게 되리라고는 상상도 하지 못했다.

chapter 1

◇

아무 데나 가주세요

이연아는 아일랜드 식탁에 앉아 남동생과 함께 야식으로 라면을 먹었다. 연아는 젓가락을 들지 않은 손으로 포켓북을 들어 영어 단어를 외웠고, 남동생은 스마트폰을 거치대에 세워놓고 미국 드라마를 시청했다. 연아의 아빠는 거실에서 맥주를 마시며 텔레비전을, 엄마는 설거지를 하고 있었다.

그릇에 담긴 김치가 다 떨어지자 연아가 말했다.

"엄마, 김치 더 주라."

"새 거 꺼내야 하는데. 그냥 라면만 먹어."

"나 김치 없으면 라면 못 먹는데."

엄마는 투덜거리면서, 고무장갑을 낀 채로 김치냉장고

의 문을 열었다. 그녀는 밀폐용기 하나를 꺼내 조리대로 가져와 뚜껑을 열었다. 잘 익은 배추김치 한 동이가 조명을 받아 빨갛게 빛났다. 엄마는 그것을 가위로 자르며 딸에게 말했다.

"연아야, 여름방학 때 학교에서 보충수업 하지?"

"신청하는 사람만 해. 신청할게."

"아니, 안 해도 돼. 내가 너 이번 여름방학 때 기숙학원 등록해놨으니까."

연아는 젓가락질을 멈추고 엄마를 쳐다보았다.

"무슨 학원?"

"기숙학원. 철원에 좋은 데 하나 있더라. 여학생들만 등록할 수 있고, 또 얼마 안 되는 인원만 모아서 맨투맨 방식으로 치밀하게 가르친다더라고."

"철원이 어딘데?"

처음 들어보는 지명이었다. 거실에서 아빠의 목소리가 끼어들었다.

"거기 아빠가 군 생활 했던 곳이야. 최전방."

"……최전방?"

연아는 의미 없이 되새겨보았다. 무슨 뜻인지는 알겠는데, 직접 발음해본 건 처음이 아닐까 싶을 만큼 생소했다.

"언제까지?" 연아가 말했다.

"언제까지긴, 방학 내내지." 엄마가 대답했다. "방학식 하자마자 바로 올라가서 개학 전날까지 거기 있게 될 거야."

엄마가 김치를 먹기 좋게 잘라 새 접시에 담아 내주었다. 남동생은 그것을 냉큼 집어 먹기 시작했지만 연아는 식욕이 뚝 떨어져서 젓가락을 내려놓았다. 엄마가 의아하다는 듯 물었다.

"왜 그래? 안 먹어?"

"응, 그만 먹을래. 살찔 거 같아서……."

"얘가 별 걱정을 다 해. 넌 엄말 닮아서 아무리 먹어도 안 찌는 체질이니까 괜찮아. 인스턴트라도 음식 남기는 건 나쁜 버릇이야. 얼른 먹어."

연아는 하는 수 없이 다시 젓가락을 쥐었다.

"만약 거기 가면, 지금 다니는 학원이랑 과외는 어쩌고?"

"방학 동안 쉰다고 다 말해놨어."

"그거 확정된 거야? 꼭 가야 돼?"

"등록금도 다 냈어. 거기 아무나 안 받아주는 곳이야. 겨우 등록한 거니까 가기 싫다는 말은 하지 마."

연아는 끝내 대꾸하지 않았다.

언제나 이랬다.

엄마의 결정에는 늘 군말 없이 따를 뿐이었다. 거절할 명분도 없었고, 거절하고 싶은 의지도 없었다. 그랬기에

한국어도 제대로 쓸 줄 모르는 나이에 영어학원을 다녔고, 시계의 개념도 이해하지 못하는 나이에 수학학원을 다녔다. 고등학교 1학년이 된 지금까지 수십 개의 학원을 전전했다.

언제나 해오던 것의 연장선일 뿐이다. 맨날 해오던 것을 반복할 뿐이다. 기숙학원쯤이야 아무렇지도 않다. 스스로를 다독이자 마음이 조금 편해졌다. 체념에 가까운 납득을 하고 있는데, 옆에서 동생이 스마트폰을 보며 말했다.

"누나. 철원 검색해봤는데, 겨울에 영하 30도로 떨어지는 곳이래. 밖에다 놓으면 요구르트가 얼어서 냉장고에 넣는다는데?" 말투에 웃음기가 서려 있었다.

"여름이니까 괜찮아." 엄마가 대신 대답했다.

"여름엔 또 엄청 덥대."

"누나가 갈 곳은 시설이 좋아. 냉방 잘 돼."

"근데 철원이면 강원도잖아. 숲밖에 없지 않아?"

"그거 편견이다. 강원도도 어엿한 팔도 중 하나야. 있을 건 다 있어." 아빠가 끼어들었지만 가족들은 그다지 듣는 체를 안 했다.

"숲만 있으면 충분하지 뭘." 엄마가 말했다. "피톤치드가 풍부하니 공부도 잘 되고 얼마나 좋아."

"그래도 방학인데. 그런 데서 어떻게 한 달 동안 공부만 하면서 살아? 누나 불쌍하다."

연아의 표정이 어두워지자, 엄마가 동생에게 엄하게 말했다.

"공부하러 가는 게 뭐가 불쌍해? 서울대만 들어가면 그동안 투자했던 시간들 다 보상받을 수 있어. 옆에서 괜한 소리 하지 말고 다 먹었으면 양치하고 들어가서 자."

"아직 국물 남았……."

그때 연아가 젓가락을 소리 나게 내려놓고 자리에서 일어났다. 가족들의 시선이 일제히 연아에게 쏠렸다.

"나 안 갈래." 연아가 말했다. "가기 싫어. 공부는 학교랑 학원에서 하면 되잖아."

엄마가 김치를 손질하던 손을 멈추고 연아를 바라보았다. 딸이 자신의 결정에 반기를 들다니, 초등학생 때 개인적인 욕심에 프랑스어 학원에 등록했을 때를 빼고는 처음이었다. 곧장 화가 끓어올랐지만, 엄마는 그런 기색을 애써 삼키며 차분하게 설득했다.

"과외랑 학원만으로는 부족하니까 보내주는 거잖아."

"나 전교 1등인데 뭐가 부족하다는 건데?"

"네가 다니는 학교에서는 1등이겠지. 근데 전국 모의고사도 1등이야?"

"전국에서 1등을 어떻게 해?!"

연아는 황당해서 언성을 높였다.

"만점 받으면 되지."

"엄마…… 진심으로 하는 말?"

"그러니까 엄마 말은, 예를 들자면 그렇다는 거고. 시야를 넓히고 목표를 높여야지. 별로 유명하지도 않은 고등학교에서 1등 좀 한다고 서울대에 갈 수 있을 거 같아? 넌 고작 그 정도로 만족하고 싶어?"

"나는 이만큼으로 만족해."

"아니, 넌 그 따위로 만족하면 안 돼. 넌 더 위로 올라갈 수 있는 아이야."

"기숙학원 같은 거 안 다녀도 더 위로 올라갈 수 있어."

"기숙학원을 다니면 더 빨리 올라갈 수 있어."

"엄마는 왜 나랑 상의도 없이 결정해?" 연아는 따지듯이 말했다. "맨날 그러잖아. 공부하는 사람은 엄마가 아니라 난데."

"이게 상의가 필요한 일이야? 나는 네가 더 효율적으로 공부할 수 있게끔 도와주는 거잖아."

"나한테 먼저 물어보고 했었어야지. 이게 나한테 효율적일지 아닐지 엄마가 어떻게 아는데?"

"엄만 너보다 너를 더 잘 알아. 네가 어떤 걸 잘 하고 어떤 게 부족한지 다 꿰뚫고 있어. 엄마의 선택을 못 믿어?"

"믿고 말고의 문제가 아니잖아. 도움이야 되겠지, 그런데 처박혀서 하루 종일 공부만 하면. 근데 내가 가고 싶은지 가기 싫은지, 이런 거 정도는 물어봐줬어야 하는 거 아니야?"

엄마는 말문이 막혀 눈을 동그랗게 떴다. 아빠도 마찬가지였다. 지지 않고 또박또박 말대꾸하는 딸의 모습은 처음이었다. 공부밖에 모르는 조용한 아이인 줄 알았는데 말대꾸도 할 줄 알다니. 아빠는 기특하기도 하고 두렵기도 해서 마음이 두근거렸지만, 엄마는 분노 때문에 마음이 쿵쾅거렸다.

"그래서, 지금 가기 싫다고?"

"말했잖아. 가기 싫어. 방학 때는 집에 있을래."

"공부가 질렸어?"

"누가 질렸대? 공부는 열심히 할 거야. 근데 거기서는 하기 싫어."

"집에만 처박혀 있으면 공부가 열심히 안 되니까 이러는 거잖아."

"열심히 될지 안 될지 엄마가 어떻게 알아?"

"이제까지 널 쭉 봐왔으니까 알지. 방학만 되면 해이해져서 텔레비전 보고 잠만 자잖아."

"내가 언제?!"

연아가 발끈했다. 엄마는 신경 쓰지 않고 말을 이었다.

"고1은 적응할 시기라 그렇다고 쳐. 근데 이젠 고2야. 대학입시는 인생이 걸린 문제고. 쉴 틈 없이 공부만 해도 서울대에 갈까 말까란 말이야. 서울대가 그렇게 만만한 줄알아?"

"그 서울대 타령 좀 그만해!"

"연아야, 목소리 낮춰라. 엄마한테 그게 무슨 말버릇이냐."

아빠가 말했지만 연아는 무시하고 언성을 더 높였다.

"다른 좋은 대학도 많잖아. 어쨌든 대학 같은 건 나중에 생각할래. 여름인데…… 듣도 보도 못한 곳에서 책만 보면서 한 달을 버리고 싶진 않아."

"그럼 한 달 놀고 평생을 버릴래?"

연아는 테이블을 쾅 내리치는 대신 한숨을 쉬었다.

"그만 얘기하자. 엄마랑은 말이 안 통해."

"시끄러운 소리 하지 말고 가라면 가. 넌 엄말 닮아서 머리가 빨리 돌긴 하는데, 그래도 아직 서울대 가기에는 부족해. 노력이 부족하다는 거야. 라면 먹으면서 영어 단어장 좀 본다고 노력하는 게 아니야. 1분 1초도 쉬지 않고 주위 환경까지 차단하고 자기 삶을 내바칠 각오를 하고 달려드는 게 노력을 한다는 거야."

연아는 순간 쌍욕을 내뱉고 싶은 충동을 느꼈다.

"그럼 난 노력 같은 건 하기 싫어."

"그럼 나중에 엄마처럼 되고 싶어?"

"엄마가 뭐가 어때서?"

"일류도 아닌 어중간한 대학 나와서 자기 꿈도 한번 못 펼쳐보고 결혼해서 가정주부나 하고 싶냐고."

아빠가 무슨 말을 하려 했지만 끝내 삼켰다.

"나중에 뭘 하든 간에 학벌이 좋지 않으면 절대 성공하지 못해. 이적이나 장기하 같은 가수들을 봐. 그 사람들이 왜 뜬 줄 알아? 노래가 좋아서 뜬 게 아니라 서울대라서 뜬 거야."

"노래 좋은데……." 남동생이 중얼거렸다.

"어쨌든 하고 싶은 걸 하려면 서울대에 들어가야 돼."

"난 하고 싶은 게 없어." 연아는 말하고 나서 울고 싶은 기분이 들었다.

"그럼 더더욱 서울대에 들어가야지."

"지금 엄마가 하는 말은 논리적으로 앞뒤가 맞지 않……."

"아니, 얘가 오늘따라 왜 이렇게 따박따박 말대꾸야, 어?!" 엄마가 급기야 화를 냈다. "넌 그냥 엄마가 하라는 대로만 하면 돼! 알았어?"

기가 찼다. 왜 엄마가 이렇게까지 안달하는지 이해할

수 없었다. 연아는 홧김에 전부터 마음에 쌓여 있었던 말을 내뱉었다.

"엄마, 나 서울대 보내려고 낳았지?"

"……뭐?"

"엄마가 성공 못한 게 한이 돼서 나 낳은 거지?"

그 말을 듣고, 엄마의 표정이 눈에 띄게 흔들렸다. 피부색이 벌겋게 달아오르자 아빠가 소파에서 일어나 주방으로 건너왔다.

"이연아, 너 그만하고 올라가. 엄마한테 할 말이 있고 못할 말이 있지. 당신도 이제 작작해. 기숙학원은 아직 취소할 수 있는 거니까, 이 얘기는 내일 진정되면 다시……."

"절대 안 돼. 무조건 가!"

엄마가 소리를 질렀다. 연아도 지지 않고 악을 썼다.

"싫어! 절대 안 가!"

"너 마지막 경고야……. 한 번만 더 말대꾸 하면……."

"안 가, 안 가, 안 간다고!"

엄마는 턱이 부들부들 떨릴 정도로 이를 악물더니, 연아의 얼굴에 배추김치 한 포기를 집어 던졌다. 축축한 마찰음과 함께 김치 국물이 사방으로 튀었다. 얼굴과 옷에 국물이 튀자 아빠와 동생이 격렬하게 항의했다.

"아 씨, 엄마 뭐 해?!"

"당신 미쳤어?!"

그러나 정작 배추김치 한 포기를 숄처럼 목에 두른 연아는 그것을 치울 생각도, 닦을 생각도 하지 않고 꼿꼿하게 서 있었다. 푹 젖은 티셔츠에서 김치 국물이 뚝뚝 떨어졌다. 빨갛게 젖은 연아의 얼굴에 패륜을 저지르기 일보 직전의 표정이 떠올랐다. 김치에 맞을 때 끼고 있던 안경이 날아가서 앞이 잘 안 보였다. 거리낌 없이 엄마를 때릴 수 있을 것 같았다.

"내가 나 좋으라고 이래?" 엄마가 떨리는 목소리로 말했다. "네가 서울대를 안 가면 뭘 어쩔 건데? 딱히 하고 싶은 것도 없고, 연예인처럼 예쁜 것도 아니고, 머리 좀 좋은 거 빼고는 네가 잘난 게 뭐가 있냐고!"

"당신 진짜 그만 좀 못해?!" 아빠가 역정을 냈다.

"내 말이 틀렸어? 오늘은 쟤한테 할 말 다 해야겠어요. 난 너 낳고 내 인생을 버렸어. 네가 태어난 날 이 엄만 죽었다고."

"내 핑계 대지 마. 누가 낳아 달랬어? 누군 엄마 같은 엄마한테서 태어나고 싶어 태어난 줄 알아?"

아빠는 손으로 이마를 문지를 뿐, 더 이상 모녀의 싸움을 막을 엄두를 내지 못했다.

"난 엄마의 대리만족 도구가 아니야. 어쩌다 엄마 자궁에 수정돼서 태어났을 뿐이지, 엄마가 일일이 조립해서 만들어 낸 게 아니라고."

"이게 진짜……." 엄마가 김치를 한 포기 더 집어 들자 아빠가 재빨리 말렸고 동생은 뒤로 피했다.

"나가." 엄마가 말했다. "너 같은 건 자식새끼도 아니야. 쳐다보기도 싫으니까 나가!"

"좋아." 연아가 목에 걸려 있던 김치를 바닥으로 내던졌다. "나가 줄게."

연아가 뒤돌아 현관으로 가자 아빠가 딸의 어깨를 잡고 뒤돌려 세웠다.

"연아야! 너까지 진짜 왜 이래? 제발 아빠를 봐서라도 좀 참아라……."

"내버려둬요!" 주방에서 엄마가 소리쳤다. "편하게 먹여주고 입혀주고 재워주니까 쟤가 행복한 줄 몰라서 저러는 거야. 진짜로 나가시겠다? 그래, 나가라, 나가. 너 같은 건 이제 필요 없어."

"필요 없어? 그럼 엄만 이제까지 내가 필요해서 키웠구나? 알았어, 이제 무용지물인 딸은 알아서 버려져줄 테니까 새 딸 낳아서 잘 키우시든가!"

아빠가 연아의 뺨을 때렸다.

"……."

아프지는 않았지만 충격적이었다. 태어나서 처음으로 아빠한테 맞았다. 눈물이 고였다. 그러나 절대 흘리고 싶지 않았기 때문에 꾹 참고 고개를 들었다. 아빠의 얼굴과 다른 가족들의 모습이 습기에 섞여 뿌옇게 보였다. 끝내 표면장력을 이기지 못한 한 방울이 볼을 타고 주르륵 흘러내리는 순간, 연아는 뒤돌아 달렸다.

현관 앞에서 아빠한테 한번 붙잡혔지만 있는 힘을 다해 그를 밀어 넘어뜨렸다. 슬리퍼를 신고 현관 밖으로 뛰쳐나갔다. 대문을 열고 집 밖으로 나가 뒤돌아보지 않고 전력으로 뛰었다. 아빠와 동생이 쫓아오며 부르는 소리가 들렸다. 연아는 따돌리려고 골목길만 골라서 달려가다가, 마침 길가에 택시가 오는 것을 보고 그것을 잡아탔다.

"아무 데나 가주세요."

눈물과 콧물이 앞을 가려 목소리가 잘 나오지 않았다.

"아니, 잠깐, 김치 냄새가 너무 심한데…….”

"제발요, 기사 아저씨……. 일단 아무 데나 가주세요."

기사는 차창을 전부 끝까지 열었다. 차 안에 김치 냄새가 진동했다. 그는 속으로 오늘 장사는 다 말아먹었다고 생각했다. 그러나 도무지 손님에게 화를 낼 수가 없었다. 뒷좌석에서 너무나도 서럽게 울고 있었기 때문이었다.

"학생, 고등학생인가?"

"……."

"집에서 무슨 일 있었던 거예요?"

연아는 대답하지 않았다. 우느라 대답할 여력이 없었다. 그녀는 버려진 기분을 만끽하는 중이었다.

택시가 5분쯤 달렸을 때 연아는 울음을 그쳤다. 갑자기 정신이 번뜩 들었다. 나올 때 지갑을 챙기지 못했다. 호주머니를 뒤적이니 다행히 라면 사고 남은 돈이 있었다. 연아는 택시비를 지불하고 차에서 내렸다. 냄새에 대해 사과하는 것도 잊지 않았다.

내린 장소는 연아가 모르는 곳이었다. 차로 5분 정도 달렸을 뿐인데 완전히 낯선 곳이 펼쳐졌다. 연아는 우선 스스로의 상태를 점검했다. 지갑이나 스마트폰 따위의 필수품은 없었다. 지금 그녀가 가진 것이라고는 집에서 입는 너덜너덜한 반팔, 반바지와 삼선 슬리퍼, 그리고 만 원도 안 되는 현금이 전부였다. 안경이 없어서 답답했고, 김치 국물 때문에 온몸이 찝찝했고 냄새도 지독했다.

일단 씻어야 했다. 주위를 둘러보니 부실한 놀이터를 겸한 공원이 있었는데, 그곳에 공중화장실도 보였다. 외관이 스산해서 꺼림칙했지만 연아는 별 수 없이 그리로 들어갔다. 안은 더러운 냄새가 났지만, 몸에서 풍기는 김치 냄새보다 신경 쓰이지는 않았다. 연아는 우선 세면대로 가 손부터 씻었다. 빨간 물이 세면대에 고였다. 배수구가 막혀 물이 잘 내려가지 않았기 때문에 옆 세면대로 옮겼으나 그쪽도 막혀 있기는 마찬가지였다. 하는 수없이 세면대를 여러 차례 옮겨 가며 씻어야 했다. 번거롭고 비참한 기분이 들었다. 머리를 헹구고 세수를 하고, 두 손으로 물을 받아 목과 다리에 끼얹으며 김칫국물을 차례차례 씻어냈다.

얼추 다 씻고 나니 세면대가 난장판이 되었다. 연아는 문득 세면대 앞의 거울을 보고 충격을 받았다. 국물에 젖은 티셔츠가 가슴에 달라붙어 젖꼭지가 비치고 있었다. 연아는 엄지와 검지로 티셔츠의 명치 부분을 잡고 앞으로 당겼다가, 이러면 오히려 더 티가 날 것 같아 그냥 팔짱을 끼고 밖으로 나왔다. 바람이 시원했지만 찝찝함은 여전했다.

"어떡하지……."

저도 모르게 혼잣말이 나왔다. 당장 잘 곳이 없었다. 주저앉아 울고 싶었지만 그럴 때가 아니었다.

"생각해보자, 생각해보자."

머리를 굴리자 의외로 해답은 금방 떠올랐다. 연아는 호주머니에서 돈을 꺼내 액수를 확인했다. 오천 원짜리

한 장, 천 원짜리 세 장이 수중에 있었다.

"찜질방."

찜질방은 어린 시절 딱 한 번 가본 게 전부였다. 모르는 사람들과 한 공간 안에 무더기로 누워 있는 행위가 굉장히 기괴하게 느껴져 질색했더랬다. 두 번 다시 갈 일이 없을 줄 알았는데. 목적지를 정한 연아는 우선 공원 부근에서 벗어나 시가지로 들어섰다.

저녁 9시, 간판의 조명은 밝았고 보행자와 차들도 많았다. 우선 찜질방을 찾아야 했다. 스마트폰이 없으니 주변 지리를 검색할 수도 없고, 전혀 모르는 동네였기 때문에 결국에는 직접 발품을 파는 수밖에 없었다. 길 가는 사람들에게 물어보고 싶어도 옷에서 나는 냄새가 자꾸만 용기를 떨어뜨렸다. 그저 이 모든 상황이 부끄러웠다. 고양이 캐리커처가 그려진 싸구려 면티셔츠며, 초등학생 때부터 입어온 분홍색 줄무늬 반바지며, 하나같이 창피한 것들뿐이라 아무와도 눈을 마주치기가 싫었다. 왠지 다들 내가 가출했다는 사실을 알고 있는 것만 같고, 속으로 나를 흉보고 있는 것처럼 느껴졌다. 연아는 고개를 푹 숙이고 걸음을 빨리 옮겼다.

한참을 걸어도 찜질방은 나오지 않았다. 발이 아파서 내려다보니 슬리퍼에 살이 쓸려 생채기가 나 있었다. 연아는 상처를 슬리퍼의 날카로운 부분에 닿지 않게끔 발가락 위치를 조절해가며 힘겹게 걸었다.

그리고 하늘에서 비가 내리기 시작했다.

"……씨발."

연아는 거의 입에 담지 않던 쌍욕을 해보았다. 그러나 기분이 나아지기는커녕 오히려 더 나빠졌다. 포기하고 집으로 돌아가자는 나약한 생각이 고개를 들 때 즈음, 드디어 찜질방 하나가 눈에 들어왔다. 기뻐서 탄성이 절로 나왔다. '24시 황금 불가마'라는 보편적인 이름의 찜질방이었는데, 황금이라는 캐치 프레이즈와는 다르게 허름해 보였지만 연아에게는 오아시스나 다름없었다. 연아는 망설일 것 없이 냉큼 들어갔다.

연아는 홀 안으로 들어가 젖은 머리를 털었다. 자판기 앞에서 음료수를 마시는 남자 두 명을 빼면 손님은 없었다. 카운터 앞으로 가자 앞은 제대로 보일까 싶을 정도로 연로한 할머니가 맞아주었다. 벽에 걸린 시계를 확인해보니 벌써 자정이었다. 세 시간 가까이 걸은 것이다.

긴장이 풀리자 피곤했다. 빨리 들어가서 씻고 한숨 자고 싶은 생각이 간절했다. 그러나 연아는 카운터 밑부분에 부착된 문구를 보고 절망했다.

'사우나 9000원, 찜질방 12,000원'
'미성년자 밤 10시 이후부터 찜질방 입장 불가'

　돈도 모자랐고, 어차피 미성년자라 들어갈 수도 없었다. 다른 찜질방을 찾아봐야 조건은 다 똑같을 것이다. 연아는 신음 소리를 내며 카운터에 이마를 갖다 댔다. 너무 지쳤고, 더 이상 뾰족한 수도 없었다. 집으로 돌아가는 수밖에 없었지만 그것만은 자존심이 허락하지 않았다. 아무리 홧김에 뛰쳐나왔다고는 해도 가출한 지 세 시간 만에 귀가한다면 동생한테 두고두고 조롱당할 것이다. 무엇보다도 엄마한테 지기 싫었다. 기숙학원도 가기 싫었다. 이번 기회에 나도 반항할 수 있다는 것을 확실히 보여주지 않으면 대학에 가서도, 결혼을 해서도, 어쩌면 엄마가 죽기 전까지 평생을 그녀의 그늘 밑에서 어둡게 살아야 할지도 모른다.

　연아는 결심했다. 이 24시 황금 불가마 안에서 어떻게든 해야 한다고.

　우선은 카운터의 할머니를 지그시 관찰해보았다. 많이 연로하신 것 같으니 판단력이 흐릴 수도 있다. 성인이라고 우기면 통할 수도 있지 않을까. 돈이 사천 원이나 모자랐지만, 그것도 어떻게든 될 것 같아 보였다. 더는 물러설

데가 없다고 생각하니 낙관이 대책 없이 솟아올랐다.

연아는 젖어서 눅눅해진 팔천 원을 잘 펴서 할머니에게 건넨 다음 "성인 한 명, 찜질방이요" 하고 말했다. 그러고 나서 바로 아차 싶었다. 굳이 성인이라고 강조할 필요까지는 없었다. 괜히 어리니까 찔려서 성인이라고 말한 것처럼 보였을까 걱정되었지만, 기우에 그쳤다. 할머니는 냉큼 돈을 받아 계산대에 집어넣었고, 곧 열쇠와 찜질복과 수건을 건네주었다.

"······."

혹시 할머니가 자신의 딱한 처지를 직감하고 모른 척 넘어가주려는 게 아닐까. 아니, 그건 확실히 아닌 것 같았다. 할머니는 손을 놀리는 내내 연아의 얼굴을 한 번도 쳐다보지 않았다. 심지어 눈은 거의 감고 있었으며, 이제까지 계속 이렇게 해왔기 때문에 지금도 이렇게 할 뿐이라는 듯 기계적이었다.

연아는 고맙다고 인사하고 서둘러 여탕으로 들어갔다. 여전히 할머니의 시선은 느껴지지 않았다.

라커룸의 카운터를 보는 아주머니는 졸고 있었다. 텔레비전은 음소거 상태로 켜져 있었고, 손님은 한 명 있었는데 원목으로 된 평상에 알몸으로 누워 코를 골며 자고 있었다. 연아는 배정받은 보관대로 가 찜질복을 넣고 옷을 벗었다. 벗은 옷들을 그대로 보관대 안에 넣으려다가, 생각을 바꿔 전부 목욕실 안으로 들고 갔다.

옷에 비누질을 하고 박박 문질렀다. 김치 국물이 거품과 함께 배수 홈을 타고 흘렀다. 시간을 들여 열심히 빨았지만 빨간 자국은 끝내 지워지지 않았다. 연아는 세탁한 옷을 들고 밖으로 나가 평상의 빈자리에 가지런히 펼쳐 널었다.

연아는 얼른 몸을 씻고 온탕으로 들어갔다. 그러나 발을 담그자마자 놀라서 뺐다. '화상주의'라고 써 있었는데 물이 차가웠다. 다른 탕들도 다 마찬가지였다. 연아가 실망하자 청소하는 아주머니가 말해주었다.

"청소 중이라 그래."

왠지 손해 보는 기분이었지만 어차피 4천 원 덜 내고 들어왔으니 억울해하지 말자며 스스로를 달랬다.

목욕실을 나와 수건으로 몸을 닦았다. 맞은편에 커다란 전신 거울이 있어 눈길이 갔다. 연아는 주위에 누가 보는 사람이 없는지 확인하고 나서, 아무렇게 포즈를 취해보았다. 전부 못마땅했다.

연아는 자신의 몸을 찬찬히 뜯어보며 스스로를 평가해보았다. 공부밖에 모르는 애. 공부 말고는 할 줄 아는 게 없는 애. 딱히 하고 싶은 것도 없고 취미도 없고 화장도 안 하고 외출복은 추리닝밖에 없는, 아주 가끔 외출할 때에는 남동생의 옷을 빌려 입는, 공부를 제외한 사생활에 대해서는 손을 놓다시피 한 여자애가 거기 있었다. 공부마저 포기한다면 어떻게 되는 걸까. 연아는 가벼운 공포를 느꼈다.

찜질방의 홀은 한산했다. 깨어 있는 사람은 한 명도 없었다. 이토록 번잡한 곳에서 제집처럼 곯아떨어진 사람들이 대단해 보였다. 연아는 사람이 없는 곳을 찾다가, '로열불가마방'이라는 팻말이 걸린 방으로 들어갔다.

갑작스러운 열기 때문에 콧구멍이 일시적으로 막혔다. 처음에는 습하고 뜨거워서 찝찝했으나, 양반다리를 하고 가만히 앉아 있으려니 그런대로 적응이 되었다. 사람은 아무도 없었다. 연아는 몸을 뻗고 누웠다.

"아아……" 하고 의미 없이 목소리를 내보았다. 소리는 울리지 않고 가라앉았다. 증기에 섞여 있는 약초향이 김치 냄새에 시달렸던 연아의 후각을 달래주었다.

잠잘 곳을 구하고 나면 다시 올 수 있을 줄 알았는데, 막상 긴장이 풀리고 몸이 편해지니 슬픔도 옅어졌다. 뽀송뽀송하고 나른해서 그저 기분이 좋았다. 가출한 마당에 이렇게 느긋할 수 있다니 기가 찼다. 위기의식이 희박한지도 모른다.

"아, 몰라."

신경 쓰지 말자. 내일부터는 눈을 뜨는 순간부터 걱정의 연속일 테니 지금 이 순간만이라도 마음 편히 지내자. 아무 생각도 하지 말자. 스트레스 받지 말자, 스트레스 받지 말자, 스트레스 받지 말자……

연아는 양을 세듯이 '스트레스 받지 말자'는 주문을 여러 번 외우다가 곧 깊은 잠에 빠졌다.

chapter 2

◇

무면허 운전

이웅은 아빠가 출장 간 틈을 타 와인색 벤츠를 훔쳐 타고 학원가로 향했다. 비가 내리는데도 차창을 열었다. 스피커에서 그가 틀어놓은 시끄러운 음악이 흘러나왔다. 웅은 목적지에 도착하고 나서 볼륨을 더 키웠다.

학원가는 우산을 쓴 학생들로 인산인해를 이뤘다. 셔틀버스를 비롯해 아이를 데리러 온 부모들의 자가용 때문에 차 댈 곳이 없었다. 웅은 2차선에다 대충 정차했다. 그는 비상등을 켜고 기어를 'P'에 놓고 사이드 브레이크를 올린 다음 헤드라이트를 껐다. 웅은 어린 나이에 차를 모는 자신을 멋지다고 생각하는 고등학생이었다.

잠시 후 김혁이 학원에서 나오는 모습이 보였다. 주위

에 사람이 아무리 많아도 혁은 한눈에 알아볼 수 있었다. 그는 눈에 띄게 잘생긴 남자애였다. 웅이 경적을 울리자 혁은 곧 웅이 탄 차를 찾아서 앞좌석에 탑승했다. 그는 타자마자 불평부터 했다.

"음악 소리 너무 커."

"왔냐?"

"비 오는데 창문은 왜 열었어?"

"덥잖아."

"창문 닫고 에어컨 틀어."

"답답하잖아."

"비 들어오잖아."

비는 점점 거세지고 있었다. 웅은 하는 수 없이 창문을 닫고 에어컨을 틀었다. 그 후 비상등을 끄고 기어를 'D'에 놓고 사이드 브레이크를 내린 다음 엑셀을 강하게 밟았다. 차가 마찰음을 내며 앞으로 튕겨 나갔다.

"운전 좀 살살해!"

"안전벨트 꽉 매라. 오늘은 고속도로로 빠져서 200킬로로 밟을 거다."

"나 피곤하니까 집에 내려주고 너 혼자 가. 그리고 음악 좀 꺼."

"약속이랑 다르잖아. 혼자 드라이브하면 심심하다고."

"비 오니까 생각 바뀌었어. 너도 오늘은 얌전히 들어가. 빗길에서 빨리 달리면 위험해."

"괜찮아. 나 베스트 드라이버니까."

"음악 좀 끄라니까! 고막 터질 것 같아."

웅은 음악을 껐다.

"훨씬 낫네."

"그럼 같이 드라이브 가는 거다?"

"싫다고."

"그럼 내려. 집에 바래다주나 봐라."

"알았어. 차 세워."

"……."

"세우라고."

"야, 그러지 말고 같이 가자. 오늘은 진짜 존나 드라이브하고 싶은 기분이라고."

혁은 한숨을 길게 내쉬며 몸을 늘어뜨렸다. 학교에서도 학원에서도 하루 종일 공부만 했다. 눈 감고 가만히 있으면 3초 안에 잠들 수 있을 정도로 피곤했지만, 웅과 곧장 헤어지기도 왠지 아쉬웠다.

"천천히 달린다고 약속하면 같이 있어줄게."

"천천히가 어느 정돈데?"

"100킬로 이하."

"고속도로에서? 미친, 재미없게."

"그럼 차 세워. 집에는 택시 타고 갈 테니까."

"알았어, 알았어. 천천히 달리면 되잖아, 개놈아."

"약속 지켜. 100킬로 넘는 순간 경찰에 신고한다."

"알았다고."

차는 주행 소음이 거의 없었다. 들리는 것은 차창을 때리는 빗소리뿐이었다. 혁은 메트로놈처럼 일정하게 왔다 갔다 하는 와이퍼를 물끄러미 바라보았다. 빗물이 쌓이고 닦이는 리듬감 때문에 슬슬 졸음이 왔다.

"야, 김혁! 자지 마."

"……알아."

"뭘 알아? 눈 보니까 처자기 일보직전인데. 의자 올려. 등이 편하니까 그러잖아."

혁은 군말 없이 의자를 올렸다.

1분쯤 말없이 달렸을까. 웅이 두서없이 말을 내뱉었다.

"아, 섹스하고 싶다."

혁은 대꾸하지 않았다. 웅은 요새 발정기라도 왔는지 입만 열면 섹스 이야기였다. 그런 화제로는 말도 섞기 싫었지만, 웅은 끈질겼다.

"넌 해본 적 있나?"

혁은 인상을 찌푸렸다. "아니."

"이민우랑 문경수랑 고태욱은 벌써 했대. 교회에서 꼬신 여자애들이랑." 웅은 굳이 덧붙였다. "걔네들 여자 만나려고 교회 다니잖아."

"한심한 놈들……."

"그게 뭐가 한심하냐? 나도 교회 다녀볼까 생각 중인데."

"여자 꼬시려고?"

"응. 난 차도 있으니까."

"……."

순간 혁은 그에게 진심 어린 경멸감을 느꼈다. 지금 즐기는 이 드라이브의 목적이 여자애들을 태우기 전의 예행연습임을 깨닫자, 그에게 한 소리 하지 않을 수가 없었다.

"성욕 때문에 연애하고 싶은 거면 그냥 이불 끌어안고 자위나 해. 주위에 피해 주지 말고."

웅이 발끈했다. "왜 갑자기 시비냐?"

"시비가 아니라 당연한 말이잖아."

뭐가 당연하다는 건지 웅은 이해할 수 없었다. 다만 "섹스하고 싶다"라고 별 뜻 없이 뱉은 말이 혁의 심기를 거슬렀다는 것만은 알 수 있었다. 안 그래도 예전에 지나가던 여자애를 훑어보며 "따먹고 싶게 생겼다"고 말했다가 혁에게 비난을 들은 친구가 있었다. 싸움 끝에 결국 둘은 영영 멀어졌다.

웅은 끝내 반박할 생각을 버리고 무심코 차창 밖으로 시선을 던졌다가, 흠칫 고개를 빼며 언성을 높였다.

"어어? 씨발, 뭐야 저거."

"왜?"

혁은 그의 시선을 따라 차창 밖을 보았다. 대략 백 미터 전방에 경찰차가 몇 대 세워져 있었다. 제복 위에 형광색 우비를 입고 빨간빛 경광봉을 든 순경이 차로마다 한 명씩 서 있었고, 그 뒤로 차들이 줄줄이 정차해 있었다.

"사고 났나?" 혁이 말했다.

"음주 단속 같은데. 존나 부지런하네. 비가 이렇게 내리는데……."

"너 술 안 마셨지?"

"당연하지. 근데 경찰 보면 그냥 괜히 쫄려. 차 돌릴까?"

"그러면 오해 받을 거 같은데. 그냥 지나가. 술 안 마셨다며."

"씨발, 어떡하지. 저거 음주 단속만 하는 거 맞겠지?"

웅은 보는 혁까지 불안하게 만들 정도로 초조해했다.

"나도 몰라." 혁이 말했다. "어차피 돌리기도 늦었으니까 그냥 가. 왜 이렇게 겁이 많냐?"

"그래, 괜찮겠지. 지나가자……."

웅은 천천히 속력을 줄였고, 운전석의 차창을 내렸다.

젊은 순경이 가볍게 경례하며 웅에게 음주 측정기를 들이 댔다.

"잠시 음주 측정 있겠습니다. 불어주세요."

"……어디다가요?"

웅이 버벅거리며 묻자, 순경의 목소리가 무거워졌다.

"여기 네모난 쇠 부분에다가 불어주세요."

웅은 잔뜩 굳은 표정으로 순경이 말한 부분에 입김을 살짝 불었다.

"세게 불어주세요."

웅은 세게 불었다.

"더 세게!"

순경은 음주 측정기를 유심히 살피더니, 웅에게 한 번 더 들이댔다.

"한 번 더 불어주시겠습니까?"

웅이 고개를 돌려 혁을 쳐다보았고, 혁은 인상을 팍 쓰며 잠자코 따르라는 의미로 턱짓했다. 웅은 한 번 더 불었다.

그는 분명 술을 마시지 않았다. 그러나 순경은 그들을 보내주지 않았다. 그는 웅을 째려본 후 보조석에 앉은 혁을 지그시 바라보더니 말했다.

"실례지만 어려 보이시는 것 같은데, 운전자분 면허증 제시해주시겠습니까?"

웅은 천천히 고개를 돌려 또 한 번 혁을 바라보더니, 갑자기 액셀을 밟았다. 차가 발사되듯이 튀어 나갔다. 혁이 오른쪽 위의 안전 바를 부여잡으며 악을 썼다.

"야! 미쳤어?!"

"몰라 씨발, 그냥 튀어!"

"미친놈아!"

"뭐, 씨발놈아!"

뒤에서 경찰차가 경고음을 뿜어대기 시작했다.

"와아……." 웅이 울렁거리는 목소리로 말했다. "좆 됐다, 씨발……."

"이웅, 차 세워. 아직 안 늦었어."

"늦었어."

"미친…… 야! 경찰차 따라오잖아!"

말마따나 뒤에서 경찰차 한 대가 사이렌을 울리며 추격해 오기 시작했다.

웅은 빨간불을 무시하고 달렸다. 속도계의 바늘이 100킬로미터를 넘어서자 혁은 간담이 서늘해졌다.

"속도 줄여, 이 미친 새끼야!"

"좆 까!"

웅은 두 손으로 핸들을 꽉 잡고 앞만 보며 달렸다. 혁은 겁이 났지만 어떻게든 떨리는 가슴을 진정시켰다.

"이웅, 내 말 들어봐." 혁이 침착한 목소리로 말했다. "우리 아직 미성년자잖아. 잡혀도 전과자 되진 않아. 끽해야 소년원에 잠깐 묶여 있다가 잔소리나 좀 듣고 나오겠지. 그러니까 진정해. 제발 진정하고 속도 줄여."

"우리 아빠 누군지 몰라?!" 웅이 침을 튀기며 대꾸했다. "걸리면 나 씨발 진짜 개 좆 돼! 목만 빼고 땅에 묻힐 수도 있어! 안 그래도 요즘 키우던 개가 도망가서 아빠 존나 저기압이라고!"

"그러게 누가 아빠 차 끌고 나오래?"

"차가 아빠 차밖에 없는데 어떡하라고!"

"운전을 하지 말았어야지!"

"하고 싶은데 어떡하라고!"

"나중에 크고 나서 해!"

"나 다 컸거든? 키 185거든?"

"아, 존나 덜떨어진 새끼……."

"뭐? 씨발, 방금 뭐라고 했냐?"

"야, 야, 야! 앞에 보고 운전해!"

"……어어어!"

정면에서 마주 오던 차량이 경적을 울리며 사이드 미러를 종이 한 장 차이로 스쳤다. 말싸움하는 사이에 차가 중앙선을 침범했던 것이다. 경찰차가 계속 따라오고 있었고,

웅은 속도를 더 높였다.

이대로 가다가는 죽는다.

혁은 작전을 변경했다.

"알았어. 경찰 따돌리자."

"……."

"대신 속도부터 줄여. 무작정 직진해봤자 못 따돌려. 벌써 경찰들끼리 무전기로 연락했을걸? 저기 앞에 봉쇄돼 있을 수도 있어."

"뚫고 간다."

혁은 울고 싶어졌다.

"너 진짜로 어디 미쳤냐? 제발 이성적으로 생각해! 이거 너네 아빠 차라며. 이 차 부서지면 너도 끝이야."

"……그건 맞아."

웅은 땀을 흘리며 고개를 끄덕였다.

"그러니까 일단 속도부터 줄여."

웅은 속도를 줄였다. 그러면서도 꾸준히 투덜거렸다.

"계속 따라오네, 개새끼들……."

"괜찮아, 따라오는 건 한 대밖에 없어. 저것만 따돌리면 돼."

"어차피 씨발 번호판 다 찍혔을 걸?"

"비가 많이 와서 안 찍혔을 수도 있어."

"아냐, 우린 좆 됐어. 아니지, 나만 좆 된 거구나. 씨발, 내 인생……."

"병신아, 제발 부정적으로 생각하지 말고 그냥 씨발! 욕하게 만들지 말고 닥치고 달리라고 그냥! 일단 골목으로. 골목만 골라서 들어가자."

웅은 혁이 하라는 대로 골목길로 빠졌다. 골목은 길가에 주차된 차들 때문에 일방통행로나 다름없을 만큼 좁았다. 운전에 집중하느라 한동안 대화가 끊겼다. 웅의 크고 불규칙한 호흡 소리만 차 안을 메웠다. 그들은 헤드라이트를 끈 채로 최대한 후미져 보이는 골목만 골라서 차를 몰았다.

그러던 중, 문득 한 건물의 지하 주차장 입구가 혁의 눈에 띄었다. 건물 꼭대기에 '24시 황금 불가마'라는 간판이 걸려 있었다.

"저기로 들어가자."

웅은 즉시 그 말에 따라 지하 주차장 안으로 들어갔다.

주차장 안은 어둡고 조용했다. 웅이네 차가 들어올 때 천장의 자동 센서등이 잠깐 켜졌으나, 차를 주차하고 시동을 끄자 그것도 곧 꺼졌다. 둘은 스마트폰을 비롯해 그 어떤 불빛도 내려 하지 않았다. 비상탈출구를 가리키는 초록색 비상등을 빼면 사방이 암흑으로 덮였다. 경찰차의 사이렌 소리가 주차장에서 멀리 떨어진 곳에서 아득하게 들려왔다. 둘은 그 소리가 나지 않을 때까지 차 안에서 서로의 숨소리만을 들으며 시간을 보냈다.

"……슬슬 따돌린 것 같은데."

한참 후에 김혁이 귓속말하듯 조용히 말했다. 이웅은 대답 대신 한숨을 거나하게 내쉬었다. 둘 다 땀으로 흠딱 젖었다. 밀폐된 차 안이 거북한 냄새로 꽉 찼다.

"이제 나가도 되지 않을까?" 혁이 말했다.

"아니, 조금만 더 있다 나가자."

"난 나갈래. 답답해서 못 있겠어."

혁이 문을 열고 나가려 하자 웅이 말렸다.

"야, 좀……. 그냥 좀 더 있어봐."

"괜찮아. 이제 안전해. 아, 엄마한테서 전화 온다."

"받지 마."

"안 받을 거야."

혁은 스마트폰을 무음으로 해놓고 밖으로 나갔다. 안과 밖의 온도차가 심해 몸이 부르르 떨렸다. 웅도 끝내 밖으로 기어 나왔다.

"존나 시원하다." 웅이 말했다.

"응."

"목마르다."

"나도."

웅은 아까 봤던 간판을 떠올리며 말했다.

"여기 위에 찜질방인 거 같던데, 들어갈까?"

"10시 지나면 학생은 안 받아줘."

"사우나만 하는 거면 받아줄걸?"

"그런가?"

"일단 올라가보자. 존나 찝찝해. 좀 씻고 싶다."

"괜찮네." 혁도 동의했다. "어차피 오늘 밤은 여기서 죽치고 있어야 할 것 같으니까."

둘은 위층으로 난 계단을 따라 1층으로 올라갔다.

둘은 홀 안에 비치된 자판기에서 탄산음료를 뽑아 마셨다. 웅은 콜라 한 캔을 원샷 하고는 크게 트림을 했다.

"이제 좀 살겠다."

"아, 더럽게……."

"왜. 넌 트림할 줄 모르냐?"

"못해."

"트림 못하는 사람이 어디 있어?"

"나 진짜로 못하는데? 가끔씩 나도 모르게 나올 때는 있는데, 내 의지로 해본 적은 한 번도 없어. 할 줄 몰라. 별로 하기도 싫고."

웅은 혁을 외국인 바라보듯 보며 말했다. "넌 참 특이한 놈인 거 같아."

"칭찬이냐, 욕이냐?"

"욕이다, 병신아."

둘은 빈 캔을 쓰레기통에 버리고 나서 카운터 앞으로 갔다. 막 계산을 마치고 여탕으로 들어가는 한 손님이 눈에 띄었다.

"야." 혁이 팔꿈치로 웅을 찌르며 말했다. "저기 들어가는 여자 어려 보이지 않았어? 고등학생 같은데…….."

"몰라, 얼굴은 제대로 안 봤어."

웅의 표정이 장난스럽게 변했다. "들어가서 확인해보자."

"확인해서 뭘 어쩔 건데? 그리고 어차피 미성년자는 못 들어간다니까?"

"아까 걔는 어려 보였잖아. 보니까 찜질복 받고 들어가던데."

"그러게…….." 혁은 하릴없이 주위를 둘러보았다. "여기 미성년자도 받아주는 덴가?"

"일단 가보자."

둘은 카운터 앞에 섰다. 눈이 감긴 연로한 할머니가 계산대를 지키고 있었다. 둘은 카운터에 부착된 경고문을 확인했다.

"봐, 미성년자 밤 10시 이후부터 찜질방 입장 불가. 써져 있네." 혁은 고개를 갸웃했다. "그럼 아까 걔 성인이었나?"

"어쩔 수 없다. 그냥 사우나만 하고 가자. 돈은 내가 낼게."

사우나만 할 경우 한 사람당 구천 원이었다. 웅은 지갑에서 만 팔천 원을 꺼내 할머니에게 건네주었다. 할머니는 받은 돈을 세지도 않고 계산대에 집어넣었고, 곧 열쇠 두 개와 찜질복 두 세트를 건네주었다.

"……."

"……."

둘은 얼떨떨한 표정으로 찜질복을 받아 들고서, 서로를 바라보았다. 목소리 없이 눈빛과 입모양이 오고 갔다.

'뭐지? 육천 원 더 내야 하나?'

'아니겠지.'

'어떡하지?'

'그냥 들어가자.'

웅과 혁은 자신들 쪽을 쳐다보지도 않는 할머니에게 고개를 꾸벅인 다음 남탕으로 들어갔다.

라커룸 안. 손님은 없었고, 카운터를 보는 아저씨는 느긋하게 책을 읽고 있었다.

웅이 열쇠를 꽂아 보관함을 열면서 말했다.

"아까 그 할머니 뭐냐?"

"글쎄……."

"어쨌든 운 좋았다."

"응."

혁이 한 땀 한 땀 단추를 푸는 동안, 웅은 티셔츠를 순식간에 벗어던지고 바지와 속옷을 한꺼번에 내렸다. 혁은 웅의 하반신에 무심코 눈길을 줬다가 경악했다.

"헐, 미친……!"

웅의 성기가 로켓처럼 부풀어 있었다. 웅은 놀라는 혁을 보며 아무렇지 않게 말했다.

"오줌 마려워서 존나 꼴림. 사실 아까 경찰 따라올 때 조금 쌀 뻔했는데 말 그대로 얘처럼 좆 되는 줄……."

"빨리 꺼져, 미친 더러운 새끼야!"

"왜 화를 내고 지랄이야. 가면 될 거 아냐."

웅은 성기를 좌우로 당당하게 덜렁거리며 화장실로 향했다.

둘은 간단히 씻고 나서 찜질복으로 갈아입고 찜질방으로 올라갔다. 홀의 내부는 생각했던 것보다 환했다. 이렇게 밝은데 제대로 잘 수나 있을까 싶었지만 깨어 있는 사람은 한 명도 없었다.

웅은 큰 몸을 뉠 공간만 있으면 어디든 상관없었지만,

혁은 사람이 없는 곳에서 쉬고 싶었다. 혁이 주위를 돌아보며 적당한 곳을 찾아다녔고, 웅은 말없이 혁의 뒤를 졸졸 따라다녔다. 방마다 고개를 들이밀며 일일이 확인하다가, 마침내 '로열 불가마방'이라는 팻말이 걸어진 방의 문을 열고 들어갔다.

열기가 텁텁했다. 웅이 나지막이 싫은 소리를 냈다. 사람이 없는 줄 알고 들어왔는데, 자세히 보니 구석진 곳에 여자애 하나가 누워 자고 있었다. 웅이 혁의 귀에 대고 속삭였다.

"야, 쟤 아까 밑에서 봤던 애 아니냐?"

둘은 잠시 여자애를 바라보았다. 상체가 규칙적으로 오르락내리락하고 있었다.

"이렇게 더운 데서 잠이 오나?" 웅이 말했다.

"그러게."

혁은 수건을 목에 감고 누웠다. 웅은 양반다리를 하고 앉았다. 온도에 적응하자 답답함도 줄어들었고, 그런대로 있을 만했다. 무엇보다도 한 공간에 또래의 여자애와 함께 있다는 것 때문에 웅은 은근히 들떴다.

"근데 운전은 누구한테 배웠어?" 혁이 물었다.

"학원."

"무슨 학원?"

웅은 당연하다는 듯 대답했다. "운전면허 학원."

"고등학생도 다닐 수 있어?"

"몰랐냐? 만 18세 이상부터 운전면허 딸 수 있어. 생일 지나자마자 바로 땄지."

"아빠가 허락해줬어?"

"응. 우리 아빠 그런 거 가지곤 뭐라 안 해. 불법도 아니 잖아."

"그렇구나. ……잠깐, 뭐?" 혁은 자리에서 벌떡 일어났다. "너 면허 있었어?"

"응."

"근데 아까 왜 도망쳤는데?"

"면허증 없으니까."

"면허 땄다며."

"그러니까 면허는 땄는데, 면허증이 없었다고. 집에서 면허증 갖고 나오는 걸 깜빡해서."

"야, 너……." 혁은 잠시 말문이 막혔다. "그럼 도망칠 필요 없었잖아!"

"왜? 면허증 없이 운전하면 불법이잖아."

"면허 없이 운전하는 게 불법이지, 멍청아! 설마 면허증 좀 안 챙기고 나왔다고 체포하겠냐? 상식적으로 생각을 해봐."

"……진짜로?"

"어! 면허증 안 챙기고 나왔다고 하면 경찰이 알아서 신원 조회해서 알아봤겠지. 괜히 도망가서 진짜로 범죄자 됐잖아."

"아, 씨발, 어떡하지……. 어떡하냐, 진짜…….."

웅이 자신의 머리칼을 쥐어뜯으며 자책하자 혁은 그의 거대한 등을 도닥여주었다.

"괜찮아, 그래도 안 잡히고 잘 숨었잖아. 별일 없겠지. 걱정하지 마."

빈말이었으나, 그래도 웅에게는 크나큰 위로가 되었다. 그는 잠시 친구를 바라보았다. 혁은 잘생겼을 뿐만 아니라 똑똑하고 어딘가 어른스러운 데가 있었다. 웅은 한숨을 퍽퍽하게 내쉬었다.

"네 말대로 얌전히 집에 들어갈 걸 그랬는데……."

"됐어, 신경 쓰지 마." 혁은 살짝 뜸을 들인 후 말을 이었다. "그리고 좀 재밌지 않았냐? 솔직히."

웅의 얼굴에 황당함이 번졌다.

"넌 그게 재밌었냐? 은근 개또라이네, 이 새끼…….."

혁은 웃기만 할뿐 굳이 토를 달지 않았다. 둘은 소리 없는 텔레비전을 멍하니 시청하다가 나란히 누웠다.

웅은 고개를 무심코 여자애 쪽으로 돌렸다. 여자애는

은은한 황토빛 조명 아래에서 여전히 똑같은 자세로 자고 있었다.

"……어?"

웅이 눈을 가늘게 뜨며 상반신을 천천히 일으켰다.

"왜?"

혁이 물었으나, 웅은 대답하지 않고 계속해서 여자애만 응시했다. 급기야 그가 자리에서 일어나자 혁도 덩달아 몸을 일으켰다.

"야, 왜 그래?"

"아는 애인 것 같아."

웅은 여자애의 곁으로 조금 더 다가가보았다.

"헐……."

"아는 애 맞아?"

"어." 가까이서 보니 확실했다. "이연아. 나랑 같은 중학교였어."

1층 로비에서 봤을 때부터 왠지 낯이 익다는 느낌은 있었으나 안경을 쓰지 않아 긴가민가했었다.

"와……." 웅은 미소를 지었다. "진짜 오랜만이다. 이런 데서 다 보네."

"친했었어?"

"엄청 친한 건 아니었는데, 3년 내내 같은 반이어서 잘 알지."

웅은 내친김에 그녀의 곁으로 조금 더 다가갔다.

"야, 이연아."

불렀지만 여자애는 반응이 없었다. 혁이 웅의 팔을 치며 말했다.

"자는 애 그냥 놔둬."

"괜찮아. 반가워서 잠깐 얘기나 좀 하자는 건데. 진짜 오랜만이다……."

"야, 그냥 놔두라니까."

혁이 웅의 팔을 잡고 끌었으나 웅은 꿈쩍도 하지 않았다.

"나 중딩 때 얘랑 썸 탔어." 웅이 목소리를 죽이며 말했다. "가끔 생각날 때 있어서 연락이나 해볼까 했는데 오늘 여기서 이렇게 만나다니……. 뭔가 운명처럼 느껴지지 않냐?"

"……썸?" 혁은 미간을 좁혔다. "무슨 근거라도 있어?"

"있지, 당연히. 일단 3년 내내 같은 반이었고……." 웅은 머뭇거렸다. "뭐 빌려달라고 하면 자주 빌려주고……. 쟤가 가끔 나 놀릴 때도 있었고……."

"그것만 가지고?" 혁은 웃고 말았다. "그런 건 같은 반이면 평범하게 그럴 수 있지. 쟤 번호는 있고?"

"……아니."

혁은 정색했다. "야, 내가 봤을 때 백 퍼센트 네 착각이야, 썸이 아니라."

"아, 씨발, 썸이든 아니든." 웅이 눈을 부라렸다. "어쨌든 반가워서 얘기나 좀 할 거니까 넌 끼어들지 마."

"하아……."

혁은 친구를 보며 한숨을 쉬었다. 이런 표정을 짓는 웅은 웬만해서는 말릴 수 없었다.

"그럼 난 옆에서 감시하고 있을게."

"미친, 감시는 무슨 감시? 그냥 이야기만 할 거라니까! 넌 나를 유치원 때부터 봤는데도 못 믿냐?"

"어."

"걱정 말고 잠이나 자."

웅은 혁을 몰아낸 후 여자애에게 다가갔다. 혁은 몇 걸음 뒤에서 팔짱을 낀 채로 웅이 하는 짓을 가만히 지켜보았다. 조금이라도 수상한 행동을 하는 순간 당장 연행할 작정이었다.

웅은 여자애 앞에 무릎을 꿇고 말했다.

"이연아."

"……."

"야, 이연아."

그렇게 다섯 번 정도 불렀는데도 여자애는 일어날 생각

을 하지 않았다. 나중에는 웅이 어깨를 잡고 흔들기까지 했지만 여전히 반응이 없었다.

웅은 혁을 올려다보았다.

'안 일어나는데?'

혁이 보기에는 여자애가 겁을 먹고 일부러 자는 척하는 것 같아 보였다. 그러나 웅이 더 세게 흔들어보아도 여자애는 끝까지 일어나지 않았다. 혁은 뭔가 심상치 않은 기운을 느끼고 웅의 옆에 무릎을 꿇고 앉아 함께 그녀의 상태를 살폈다.

"왜 안 일어나지?" 웅이 목소리를 낮게 깔았다. "……설마 죽었나?"

"숨은 쉬는 거 보니까, 그건 아닌 것 같은데……. 자는 척하는 것도 아닌 것 같고."

"그럼 기절한 건가?"

"그럴 수도 있어. 뉴스에서 본 적 있는데, 찜질방에서 자다가 뜨거워서 현기증 같은 걸로 기절하는 사람들 꽤 있대."

혁은 여자애한테로 좀 더 가까이 다가갔다. 팔뚝의 맥박을 재보고, 코에 귀를 갖다 대보고, 눈꺼풀을 열어도 보았다. 물론 어디서 본 시늉만으로 뭘 알아낼 수는 없었기에 지레짐작으로 진단을 내렸다.

"의식 잃은 것 같아."

"응."

이렇게까지 끈질기게 자는 척할 수 있을 리가 없다고 둘은 판단했다.

"어떡하지? 이대로 둘 순 없잖아."

"119에 신고하자." 혁이 스마트폰을 꺼내 들었다.

"잠깐." 웅이 혁을 막았다. "늦게 오면 어떡해?"

"어쩔 수 없잖아. 다른 방법이 없는데."

"내 차로 가면 되지."

"야, 오버하지 말고 그냥 119 부르자."

혁이 다시 스마트폰을 들자 웅이 재차 막았다.

"넌 의학 드라마도 안 보냐?" 웅은 말했다. "골든타임 몰라? 의식 잃고 처음 10분이 제일 중요해. 얘 지금 1분만 늦어도 큰일 날지 누가 아냐? 어쩌면 벌써 가망 없을지도 몰라. 존나 흔들어 깨웠는데도 안 일어날 정돈데. 어차피 지금 새벽이라 차도 안 막혀. 구급차 왔다 갔다 하는 시간에 내 차 타고 바로 응급실로 데려가는 게 훨씬 빨라."

"……."

혁은 웅의 적극적인 표정에 약간 당황했다. 왠지 모르게 다른 꿍꿍이가 숨어 있는 것 같아 꺼림칙했지만, 그것과는 별개로 그의 주장은 확실히 일리가 있었다. 말마따나 도로가 막힐 시간이 아니기 때문에 구급차의 사이렌으로 양보를 얻을 필요 없이 쌩쌩 달릴 수 있고, 무엇보다도 번거롭게 왕복하지 않고 여기서 바로 출발하면 시간을 두 배는 절약할 수 있었다. 119를 부르는 것보다 합리적이라는 생각이 들었다.

혁은 말했다. "가까운 응급실이 어딘진 알고?"

"그런 건 내비게이션 찍으면 바로 나와. 자, 빨리 일으켜 세우자."

웅이 여자애의 한쪽 팔을 잡으며 혁의 도움을 구했고, 혁도 결심을 굳히고 다른 한쪽 팔을 잡아 일으키는 것을 도왔다. 곧이어 덩치가 큰 웅이 여자애를 업었다.

"빨리 내려가자."

"잠깐만." 혁이 말했다. "일단 여기 직원한테 말은 해야지."

"하지 마. 괜히 오해만 받아."

둘은 로열 불가마방을 나와 까치발을 들고 조용히 이동했다. 남탕을 경유해서 내려갈 수는 없었기 때문에 비상구를 이용했다. 곧장 지하 주차장으로 이어졌다면 수월했겠으나 출구는 1층 로비로 이어져 있었다. 카운터는 여전히 할머니 혼자서 지키고 있었다. 둘은 카운터를 유유히 지나쳐 지하 주차장으로 내려갔다.

그들은 뒷좌석에 여자애를 눕히고 나서 각자 운전석과 조수석에 올랐다. 여자애는 여전히 의식이 없었다.

혁이 말했다. "옷 갈아입고 나올 걸 그랬다."

"그럴 시간이 어디 있냐?"

"그래도…… 노팬티잖아."

"속옷 좀 안 입는다고 안 죽어." 웅은 시동을 걸고 내비게이션으로 가까운 응급실을 검색했다. "5킬로미터네. 금방 가겠다."

혁은 안내를 시작한다는 내비게이션의 음성을 멍하니 듣다가 뒤늦게야 깨달았다. 그는 기어를 바꾸는 웅의 손을 잡아 세웠다.

"야, 잠깐만."

"왜?"

"생각해보니까 우리, 경찰한테 쫓기고 있었잖아."

"……."

웅은 그의 말을 무시하고 기어를 바꿨다.

"잠깐만 있어보라고!" 혁이 짜증을 냈다. "아직 숨은 지 1시간밖에 안 지났잖아. 경찰이 아직도 우리 찾고 있을 거라니까?"

"환자가 있는데 경찰이 문제냐?"

"안 되겠다……." 혁은 스마트폰을 꺼내 들었다. "그냥

119 부르자.”

이번에는 웅이 혁의 손을 잡고 말렸다.

“여기까지 와놓고 갑자기 뭔 소리야, 또!”

“지금 너 걱정해주고 있는 거잖아!”

“괜찮아. 어차피 걱정의 99퍼센트는 다 쓸데없는 거래.”

“왜 갑자기 간이 커졌냐?” 혁은 일단 스마트폰을 내려놓았다. “아까까지만 해도 벌벌 떨던 애가.”

“그러는 너야말로 왜 갑자기 겁쟁이처럼 구냐? 경찰 따돌리는 거 재밌었다고 여유 부리던 놈이.”

“그건 다 지나간 일이니까 그랬던 거고. 이제부터 생길 일은 어떻게 될지 모르잖아. 난 미래는 걱정해도 과거는 후회 안 해.”

“난 과거는 후회해도 미래는 걱정 안 해. 일단 저지르고 보자는 게 내 인생철학이야.”

“인생철학…….” 혁이 비꼬듯이 말했다. “철학이 뭔지는 알고 하는 말이지?”

“몰라, 씨발.”

“철학은 생각하는 학문이라는 뜻이야.”

“지랄…….” 웅이 가운데 손가락을 치켜들었다.

“끊임없이 생각하고 스스로를 탐구하는 게 철학이라고. 일단 저지르고 보는 놈이 철학은 무슨 철학?”

"존나 프로이트의 뒤를 이을 위대한 철학자 나셨네."

"프로이트는 심리학잔데."

"심리학이나 철학이나 씨발! 너처럼 말만 번지르르하게 하는 건 똑같지. 끊임없이 생각한다고? 끊임없이 생각만 해대니까 앞날이 걱정뿐이잖아. 난 씨발 뒤늦게 후회하더라도 지금 당장 꼴리는 대로 살고 싶고, 그렇게 살 거고, 그렇게 살고 있고, 지금도 그러고 있어."

"……."

뭔가 스스로 좀 멋진 말을 했다고 생각했는지, 웅의 턱이 조금 올라가 있었다.

"그래서……." 웅은 말했다. "우리 무슨 얘기 하고 있었더라?"

"그러게. ……노팬티 얘기하고 있었던 것 같은데."

"아, 맞다. 어떡할래. 올라가서 갈아입고 올래?"

"아니, 그냥 가자."

"그럼 출발한다."

웅은 액셀을 밟았다.

비는 갈수록 거세졌다. 물줄기가 앞 유리를 뒤덮는 속도를 와이퍼가 따라가지 못할 지경이었다.

"엄청 내리네……." 웅이 말했다. "양동이로 들이 붓는 거 같아."

"조심히 운전해."

"이 정도면 경찰 걱정은 안 해도 되겠다."

"그건 모르지. 이런 날씨에 음주 단속도 하는데."

웅은 고개를 쭉 빼고 차를 천천히 몰았다. 쏟아지는 물
세례 말고는 보이는 것도, 들리는 것도 없어 마치 파도 속
에 파묻힌 것 같았다. 혁은 뒷좌석을 건너다보았다. 여자
애는 죽은 듯이 누워 있었다.

웅이 갑자기 속도를 줄이기 시작했다. 그는 이윽고 갓
길에 정차시키더니, 말없이 사이드 브레이크를 올렸다.

"왜 멈춰?"

"너무 심하게 내리잖아." 웅은 비상등을 켰다. "비 그칠
때까지 기다렸다 가자."

혁이 스마트폰을 확인했다. "이거 밤새 내릴 거래."

"그럼 좀 약해질 때까지만 있다 가자."

"……."

혁이 미심쩍어하는 얼굴로 쳐다보자, 웅이 따지듯이 말
했다.

"야, 운전 네가 하냐? 내가 이대로는 못하겠다고."

"못하겠어도 해. 이런 식으로 주저할 거였으면 애초에
태우질 말았어야지. 골든타임 어쩌고 할 땐 언제고."

"그러다 사고 나서 셋 다 죽으면 네가 책임질래?"

"그러니까 처음부터 구급차 불렀으면 됐잖아."

"비가 이렇게 심하게 내릴 줄 알았냐?"

혁은 한숨을 쉬며 창밖을 바라보았다. 차가 움직이지 못할 정도는 아닌 것 같았지만, 한 번도 운전대를 잡아본 적이 없는 그로서는 딱히 적극적으로 반박할 수도 없었다.

"……알았어."

대신 혁은 스마트폰에 119를 입력하고 통화 버튼을 눌렀다. 웅이 그것을 보자마자 냅다 스마트폰을 빼앗아 통화 종료 버튼을 눌렀다.

"미친놈아, 119는 왜 불러?!"

"그럼 어쩌라고." 혁은 기가 찼다. "네가 운전 못 하겠다며."

"알았어, 알았어……." 웅이 머리를 박박 긁적였다. "갈 테니까 119는 부르지 마."

웅이 다시 사이드 브레이크를 내렸다. 혁은 스마트폰을 돌려받고 나서도 한동안 웅에게서 시선을 떼지 못했다.

이해할 수가 없었다. 운전 못 하겠다고 완강히 거부할 때는 언제고, 반박 한번 당했다고 태도를 간단히 바꾸는 모습이 왠지 부자연스러워 보였다. 찜질방에서 느꼈던 어렴풋한 꺼림칙함이 점점 불거지는 사이, 혁의 스마트폰에 불이 들어왔다. 엄마에게서 온 전화였다. 혁은 받지 않았다.

"받아봐." 웅이 말했다. "너네 엄마 걱정하시겠다."

"귀찮아. 나중에 한꺼번에 혼날래."

"너 슬슬 집에 가는 게 낫지 않냐?"

"……지금 여기서 어떻게 가라고?"

"차 트렁크에 우산 있어." 웅이 다시 사이드 브레이크를 올렸다. "그거 쓰고 가."

"아니, 그런 말이 아니라……."

혁은 결국 말을 끝까지 잇지 못했다. 웅의 의도를 마침내 눈치 챘기 때문이었다. 서서히 덮쳐 오는 추위와는 별개로, 몸이 살살 떨리기 시작했다. 그는 무심코 웅의 사타구니를 내려다보았다. 깜빡이는 비상등이 빗물에 녹아 이글거렸고, 차창 내부에 김이 뿌옇게 서렸다.

웅이 습도를 낮추기 위해 에어컨을 틀었다. 혁은 엄마에게서 온 전화가 끊기자마자 키패드를 열었다. 번호를 '11'까지 입력하자마자 웅에게 또 스마트폰을 뺏겼다.

"아, 전화하지 말라고!"

"야……." 혁은 소리치려다 참았다. "자꾸 말리는 이유가 뭔데?"

"그러니까 119……." 웅은 입술을 핥았다. "119 부르면 나 아까 튄 거 경찰한테 걸릴 수도 있잖아."

"안 걸려." 혁은 단언했다. "119 불러도 경찰차는 안 와. 구급차만 와. 비 때문에 도저히 운전 못하겠으면 지금 당장 119 부르는 게 맞아. 구급차는 너랑은 다르게 비가 오나 눈이 오나 잘만 달리니까."

"……"

"아니면 왜, 뭐 찔리는 거라도 있냐?"

"아니, 뭘, 무슨 개소리야, 찔릴 게 뭐가 있는데, 내가!"

"그럼 부른다."

혁은 냉큼 폰을 가져와 못다 누른 번호를 입력했다. 손이 주체할 수 없을 정도로 바들바들 떨렸다. 그는 짧고 굵게 고민한 끝에 통화 버튼을 눌렀다.

웅은 액정을 슬쩍 봤다가 가슴이 철렁 내려앉았다. 혁이 전화를 건 곳은 112였다.

"……야!"

웅이 또다시 스마트폰을 뺏아 통화 종료 버튼을 연거푸 눌렀다.

목구멍이 바싹 말랐다. "119에 건다며!"

"내놔!"

혁이 도로 스마트폰을 가져가려 하자 웅이 스마트폰을 끌어안고 필사적으로 사수했다.

"야, 김혁." 웅의 목소리가 갈라졌다. "잠깐……. 잠깐 진정 좀 해봐. 갑자기 왜 이래?!"

"너 못 믿겠어."

"뭘?"

"너, 저 여자애 어떻게 해보려고 차에 태운 거지? 그래서 나 내리라고 하는 거지? 처음부터 그럴 생각이었지?"

"……."

"왜. 정곡 찔렸냐?"

"하……." 웅이 신경질적으로 웃었다. "아니거든?"

"폰이나 빨리 내놔."

"야, 미친……. 넌 내가 진짜 그럴 거라고 생각하냐?"

"어. 이제까지 계속 그래 보였으니까."

"내가 언제?"

"너 요즘 틈만 나면 동정 떼고 싶다고 지랄하고 다녔잖아."

"그건 그냥 해본 말이잖아!"

"원래 그냥 내뱉는 말에 진심이 담기는 거야. 난 네가 여자랑 해보고 싶어서 환장한 애라는 걸 너무 잘 알아. 길에서 맨날 여자들 얼굴이나 품평하고, 입만 열면 할 줄 아는 말이 여자 외모 얘기, 섹스 얘기……. 지긋지긋하지도 않냐? 나도 병신이지. 네가 차에 태운다고 했을 때부터 눈치 채고 말렸어야 했는데……."

"야, 넌, 미친, 도대체 날 뭘로 보는 거냐? 내가 뭐, 쟤 차에 태워서 어떻게 할까 봐? 확대 해석 오지네, 씨발······."

혁은 순간 귀가 찌릿해졌다. 화가 정수리까지 치고 올라오자 고막이 터질 것 같은 압력을 느꼈다.

"지금 이 상황은······." 혁은 최대한 목소리를 가다듬었다. "널 모르는 사람이 봐도, 내가 아니라 누가 봐도 그렇게 의심할 만한 상황이야."

"지랄하네, 병신 새끼가. 누구? 누가 씨발 이 상황만 갖고 그런 식으로 생각하는데? 너 같은 새끼 빼고 아무도 없어. 있으면 데리고 와봐. 누구 말이 더 맞는지 물어보자, 한번."

"꼴린 거나 죽이고 말해, 더러운 놈아······."

"이게······ 이게 지금 꼴린 걸로 보여?" 웅은 자신의 사타구니와 혁의 얼굴을 번갈아 쳐다보았다. "나 안 꼴려도 원래 이 크기야!"

혁이 허탈하게 웃었다. "그걸 지금 변명이라고 하나?"

"변명이고 뭐고 꼴린 적 없다고!"

웅이 악을 너무 크게 지르는 바람에 둘은 동시에 뒷좌석을 쳐다보았다. 여자애는 여전히 혼수상태였다. 웅은 목소리를 한풀 누그러뜨리고 말을 이었다.

"그리고 넌 씨발, 남자 새끼가 왜 그렇게 예민하냐? 그럼 이 세상에 성욕 없는 남자가 어디 있는데? 여자 얘기 좀 하고 다녔다고 사람을 거의 범죄자 취급하는데, 그럼 넌 씨발 불알도 없어?"

혁이 눈을 감은 채로 아무런 대답도 않자, 웅은 자신감을 얻고 계속해서 쏘아붙였다.

"너 존나 위선적인 거 알아? 네가 뭔데? 너도 결국 남자잖아. 네가 뭘 안다고 남자애들한테 잔소리냐고, 재수 없게."

"……."

혁은 천천히 눈을 떴다. 퓨즈가 끊긴 지는 이미 오래였다. 그를 겨우 지탱해주고 있는 마지노선은 유치원 시절부터 쌓아온 그와의 우정이었다. 너무 화가 나서 눈물이 흐르지 않게 참고 있는 것만도 기적이었다.

"그럼 남자라고 다 너 같은 남자만 있겠냐?"

혁은 웅에게 손을 뻗으며 차분하게 말했다.

"어쨌든 너랑은 이제 말도 섞기 싫으니까, 닥치고 그냥 폰이나 돌려줘라. 112 말고 119 부를게."

"좆 까." 웅은 저항했다. "널 어떻게 믿고……."

"제발 줘라, 그냥 좀……."

"꺼지라고!"

"아, 주라고, 개새끼야!"

혁이 웅에게 엉겨 붙어 그의 목을 졸랐다. 웅이 그를 떼어내려 했지만 차체가 좁아 팔을 쓰기가 쉽지 않았다. 겨우 틈을 확보하고 나서 한 손으로는 스마트폰을 쥐고, 다른 한 손으로는 혁의 턱을 밀어냈다. 혁은 눈을 부릅뜨고 버티다가, 아예 운전석으로 넘어가 웅을 몰아붙이기 시작했다. 다툼이 격해지자 벤츠가 디스코팡팡처럼 들썩거렸다. 웅이 연거푸 쌍욕을 내지르며 혁을 밀쳐내자, 혁이 운전석과 조수석의 사이로 나자빠지며 대시보드의 중앙부에 팔꿈치와 뒤통수를 찧었다. 그때 실수로 뭔가가 눌러졌다. 위잉, 하는 기계음과 함께 자동차의 천장이 천천히 움직이자, 바깥의 빗소리가 가깝게 들렸다.

오픈카의 덮개가 열리기 시작한 것이다.

"어어? 야, 너 뭐 눌렀어?"

"내가 뭘? 아무것도……. 으아악!"

활짝 열린 차 안으로 폭우가 쳐들어왔다.

"으아, 씨발! 야, 빨리 닫아!" 웅이 악을 썼다. "빨리 닫으라고, 씨발아!"

"몰라! 뭔데? 뭔데?"

혁은 비를 홀딱 맞으며 허둥지둥 아무거나 막 눌렀다. 스피커에서 음악이 흘러나왔고, 와이퍼에서 워셔액이 분사되었다.

"무슨 버튼인데?!"

혁이 소리를 지르며 물었다. 빗소리 때문에 잘 들리지 않아서 웅이 "뭐라고?" 하고 되물었다.

"무슨 버튼이냐고!"

"나도 몰라!"

"왜 몰라? 네 차잖아!"

"병신아, 아빠 차지 내 차냐?!"

"나보고 어쩌라고!"

"씨발!"

덮개가 완전히 개방되자 뒷좌석까지 비가 들이쳤다. 시트 밑으로 빗물이 첨벙첨벙 고였다. 비가 쉬지 않고 얼굴을 때리는 통에 앞을 보기도 힘들었다. 둘은 필사적으로 아무 버튼이나 닥치는 대로 눌렀다.

마침내 제대로 된 버튼이 눌렸다. 차가 신호에 반응하며 덮개를 다시 천천히 되돌리기 시작했다. 그러나 비가 쏟아지는 속도에 비해 덮개가 올라오는 속도는 너무 느긋했다. 웅이 덮개에 대고 빨리 올라오라고 쌍욕을 하는 사이에, 혁이 무엇인가를 발견했다.

"야, 이웅……."

"왜!"

"저기……."

"뭔데!"

혁이 가리킨 곳을 돌아보자, 여자애가 일어나 있었다.

그녀는 잠에서 덜 깬 듯 어리둥절한 표정으로 세수하듯이 얼굴을 닦고 있었다. 웅과 혁은 찰나의 순간 여자애와 눈빛을 교환했다. 빗물 때문에 얼굴이 제대로 보이지 않았지만, 시선이 오고 갔음은 확실했다. 그때 웅이 여자애의 턱에 주먹을 날렸다. 둔탁한 타격음과 함께 여자애의 고개가 꺾였다. 그리고 슬로우모션으로 천천히 되돌아오면서 여자애는 다시 원래 있던 자리로 쓰러졌다.

혁이 웅의 옆얼굴에 주먹을 날렸다. 웅이 상황을 파악하지 못하고 혁을 멀뚱멀뚱 쳐다만 보는 사이, 혁이 주먹을 한 방 더 날렸다. 그제야 웅도 반격에 나섰고, 순식간에 격렬한 싸움으로 번졌다. 둘 다 눈에 뵈는 것 없이 팔을 마구 휘둘렀으나 유효타는 거의 없었고 애꿎은 핸들이나 등받이만 두들겨 맞았다. 급기야 누가 날린 주먹이 앞 유리를 강타하자 유리에 거미줄처럼 금이 퍼졌다. 둘은 그것을 보고 약속이라도 한 듯 주먹질을 그만두었다.

한동안 헉헉대는 신음 소리가 차 안을 가득 채웠다. 둘의 몸에서 발산된 열기가 차창 전부를 뿌옇게 색칠했다. 웅은 입술이 약간 찢어졌고 혁은 손가락을 하나 삐었을 뿐, 둘 다 큰 상처는 입지 않았다.

"쟤 다시 찜질방에 데려다 놓자." 웅이 말했다. "깬 거

보니까 이제 괜찮나 보네. 응급실 안 가도 되겠다.”

“……”

“세게 안 때렸어. 금방 일어날 거야, 아마도.”

웅은 에어컨 공기가 앞 유리의 김을 지울 때까지 잠시 기다렸다가, 기어를 넣고 액셀을 밟았다.

그들은 ‘24시 황금 불가마’ 지하 주차장으로 돌아왔다. 차를 모는 동안 고인 물은 어느 정도 빠졌지만 홀딱 젖어버린 내부는 수습할 수가 없었다.

차에서 내려 웅이 여자애를 들고 업으려는데, 혁이 그를 가로막았다.

“내가 업을게.”

“……”

웅은 반대하지 않았다.

시동을 켜둔 채 히터를 초강력으로 맞춰놓고, 둘은 다시 찜질방 안으로 들어갔다. 여전히 무심한 카운터 할머니를 지나 비상계단을 따라 찜질방으로 올라갔다. 이용객들은 여전히 숙면 중이었지만, 혹시 몰라 까치발을 들고 홀을 가로질렀다. 지나간 곳에 빗물이 뚝뚝 떨어져 헨젤과 그레텔의 과자 부스러기 같은 흔적을 남겼다. 그들은 곧 ‘로열 불가마방’의 문을 열고 들어갔다.

나갔을 때와 마찬가지로 안에 다른 사람은 없었다. 혁은 여자애를 원래 누워 있던 곳에 도로 눕힌 다음, 데려가기 전과 최대한 비슷하게 그녀의 자세를 요리조리 고쳤다.

둘은 선 채로 잠시 여자애를 내려다보았다. 홀딱 젖었다는 것만 빼면 아무런 이상이 없어 보였다. 가슴은 규칙적으로 오르락내리락했고, 숨소리도 크지 않았다.

"이제 가자."

웅이 재촉했다. 그녀가 당장이라도 일어날까 두려웠다.

"잠깐, 머리카락이 너무 젖었어. 이것만 닦아주고 가자."

"빨리 닦아."

혁은 근처에 나뒹굴던 수건을 집어 여자애의 머리칼을 묵묵히 닦았다.

그들은 이제부터 아무런 일도 없었던 것처럼 찜질방을 나갈 것이었다. 모른 척 그녀를 놔두고 갈 것이었다. 그럴 수밖에 없다는 죄책감 때문에 손길을 거두기가 힘들었다. 오픈카가 열리는 바람에 깡그리 식어버렸던 웅을 향한 분노가 다시금 스멀스멀 피어올랐다.

그들은 남탕으로 내려와 샤워하고 몸을 말렸다. 옷을 갈아입고 지하 주차장으로 내려올 때까지 한 마디도 하지 않았다. 말할 힘도 없을 정도로 피곤했다.

차에 타자 숨이 턱턱 막혔다. 차창은 여전히 뿌옜지만 아무도 창문을 열지 않았다. 혁이 의자를 젖히고 드러누웠다. 웅도 그를 따라했다. 온몸이 축축했지만 아무도 신경 쓰지 않았다. 그들은 정말이지 아무것도 신경 쓰고 싶지 않았다.

웅이 말했다. "집에 데려다줄까?"

"나중에."

"그래라."

혁의 이마에서 빗물인지 땀인지 모를 액체가 흘러내렸다. 자꾸 눈으로 들어갔지만 닦지 않고 내버려두었다. 그는 문득 세상에 자신과 이웅 말고는 아무도 없는 듯한, 먹먹한 고립감에 잠겨 들었다. 잠이 들려는 징조인가 보다 하고 스르르 눈을 감는데, 옆에서 웅이 "아, 좆 됐다······" 하고 탄식을 내뱉었다. 혁은 그의 목소리 때문에 현실로 강제로 송환된 듯한 기분이 들었다.

웅은 금이 간 앞 유리를 별 뜻 없이 만지작거리다가, 혁을 보며 말했다.

"우리 계속 친구냐?"

혁은 대답하지 않았다. 웅은 그의 표정을 읽을 수가 없어 불안감에 휩싸였다.

"야, 김혁. 우리 계속 친구냐고."

"모르겠어."

웅은 금을 만지던 손을 거두고 등받이에 등을 기댔다. 축축하고 차가워서 등줄기가 부르르 떨렸다.

"내가 어쩌다 보니까 널 화나게 한 거 같은데." 웅은 말했다. "말조심은 할게. 나 평소에도 너 있을 땐 눈치 보고 말조심하는 편이잖아. 근데, 난 걔 어떻게 할 생각 진짜로 없었어."

"……."

"내가 말로만 그랬지, 언제 행동으로 한 번이라도 그런 적 있었냐?"

"말도 행동이야." 혁은 진지하게 말했다. "난 네가 평소에 조금만 더 생각하고 말했으면 좋겠어."

"야, 나라고 생각 없는 줄 알아? 난 여동생도 있고……. 어쨌든 나도 여자한테 막말하는 애들 보면 화나. 너처럼 심하지만 않을 뿐이지."

"……내가 심한 것 같아?"

웅은 이 말을 할까 말까 고민하다가 결국 말했다.

"솔직히 남들보다 예민하긴 하잖아."

"그만하자." 혁은 도로 눈을 감았다. "이해도 못하면서 이해해주는 척 안 해도 돼."

"이해한다니까?"

"착각이겠지."

"야……." 웅은 욕하려다 참았다. "너랑 언제까지 이런 식으로 말싸움해야 되냐?"

"싸우는 걸로 느껴지긴 하냐?" 혁은 표정 없이 웃었다. "난 지금 벽에 대고 말하는 기분인데."

웅은 끝내 코웃음을 쳤다. "……지랄한다, 또."

혁은 고개를 천천히 돌려 웅의 옆모습을 바라보았다. 이제는 더 이상 화가 나지 않았다. 그저 웅이 입을 조용히 닫아주길 바랄 뿐이었다.

"나처럼 지랄하는 애들이 있으니까, 너처럼 눈치라도 보는 남자들이 생기는 거야."

"……."

혁의 바람대로 대답은 돌아오지 않았다.

웅은 조금 있다가 잠들었다. 혁은 별을 세듯 차의 지붕을 올려다보다가 재채기를 했다. 감기가 들어버린 모양이었다. 웅을 버려두고 혼자서 집으로 돌아갈까 하다가, 관두고 그냥 이 안에 누워 있기로 했다. 차 안은 땅속 깊이 파묻힌 관처럼 아늑해서 금세 졸음이 몰려왔다. 의식과 무의식의 경계가 모호해질 때 즈음, 어디선가 경찰차 사이렌 소리가 아련하게 들려왔다.

chapter 3

◇

주마등

이연아는 잠에서 깼다.

몸이 찌뿌둥해서 손가락 하나 까딱하기 싫었다. 눈을 뜬 채로 가만히 누워 있는데, 웬일인지 아랫도리가 축축하게 느껴졌다. 그녀는 몸을 일으켜 스트레칭 하는 척하며 바지의 냄새를 맡아보았다. 오줌 냄새는 나지 않았다. 그러나 곧 바지뿐만 아니라 온몸이 홀딱 젖어 있음을 깨달았다.

"우와, 땀……."

그녀는 찜질방 안에서 잤기 때문에 이런 거라고 판단했다. 탈수증에 걸려 가사 상태에 빠져도 이상하지 않을 정도였다. 연아는 심한 갈증을 느끼며 '로열 불가마방'을 나왔다. 누워 있던 자리에 물기가 한가득 스며들어 음영을 그렸다.

연아는 정수기 앞에서 물을 연거푸 들이켜며 간밤에 꾼 꿈을 생각했다. 부모님과 함께 보트를 타고 있었다. 아니, 사실 부모님인지 아닌지 확실치 않았고, 보트인지 아닌지도 확실치 않았다. 깬 순간 장면의 대부분이 날아가버려서 재구성하기 어려웠다. 어쨌든 자기 말고도 사람이 두 명 더 있었던 것은 확실했고, 탈 것에 타고 있었다는 것도 확실했다. 폭우가 내리고 있었는데, 갑자기 아빠가 주먹을 날려서 그것에 맞아 기절했다. 묘하게 현실적인 꿈이었다. 꿈에까지 쫓아와 때릴 줄이야.

어찌됐건 찝찝한 꿈과 함께 하루가 시작되고 말았다. 찜질방에는 사람이 거의 없었다. 문득 창밖을 내다보았는데, 햇빛이 비춰드는 각도에서 위화감을 느꼈다. 항상 맞이하던 아침과는 미묘하게 달랐다. 그녀는 찜질방에 있는 시계로 시간을 확인했다. 오후 1시. 해가 이미 중천이었다.

오후에 일어나보기는 생전 처음이었다. 엄마는 연아가 늦게 일어나는 것을 절대로 용납하지 않았다. 엄마의 통제에서 벗어나자마자 이 모양이라니. 결국 본바탕은 게으른 인간인지도 모른다. 늦잠 한 번 잤을 뿐인데 왠지 막나가는 애가 된 듯한 기분이 들었다. 실제로 막나가고 있고.

연아는 목욕탕으로 내려가 씻은 후 옷을 갈아입었다. 옷은 아직 덜 말라 축축했지만, 입어보니 살갗에 닿는 촉감이 시원해 오히려 기분 좋았다. 그녀는 곧 1층으로 내려가 카운터에 키를 반납하고 밖으로 나갔다.

간밤에 폭우가 쏟고 지나가 하늘이 깨끗했다. 젖은 아스팔트가 쨍쨍 내리쬐는 햇볕을 받아 듬성듬성 말랐다. 찜질방에 면한 가게들이 에어컨을 빵빵하게 틀어놓고 문을 활짝 열어 손님을 끌어들였다. 알록달록한 옷을 입고 놀러 나온 어린 여자아이들이 깔깔거리며 연아의 앞을 지나갔다. 편의점 로고가 박힌 물류 트럭이 갓 만들어진 도시락과 삼각김밥을 가득 싣고 도로를 저속 주행했다. 이어폰을 끼고 조깅하는 아저씨가 횡단보도 앞에서 제자리 뜀 하며 신호를 기다렸고, 프렌차이즈 카페 안은 사람들로 가득 차 있었다.

정오를 갓 넘긴 일요일 오후였다.

주말인데도 모두들 할 일이 있다는 표정으로 연아를 주눅 들게 만들었다. 연아는 불현듯 자신이 죽어 있는 것처럼 느껴졌다. 아무것도 할 게 없는 상태. 이것이 바로 죽음의 실체일까. 그렇게 생각하자 사소한 일들이 전부 필사적인 몸부림처럼 보였다. 아이들의 깔깔대는 웃음도, 중년 아저씨의 조깅도, 카페 안에서 나누는 담소도 모두 사실은 죽지 않기 위한 발버둥인 것이다. 시간에 살해당하지 않기 위해서는 내가 먼저 시간을 죽여야만 한다.

연아는 일단 걸었다. 아는 곳이 나올 때까지 무작정 걸었다. 발이 까져서 걷기 불편했지만 얼마 안 가 까진 곳이 닿지 않게 걷는 요령을 터득했다. 젖은 옷은 햇볕을 받아 말랐다가 다시 땀으로 젖었다. 족히 한 시간은 걸었는데도 주위는 여전히 낯설었다. 도로 위 표지판을 보자, 허탈해서 걷고 싶은 마음이 싹 사라졌다. 이제껏 사는 곳의 정반대 방향으로 걷고 있었던 것이다.

근처에 공원이 보여 그리로 갔다. 시소 옆에서 개가 한 마리 혼자서 놀고 있을 뿐, 사람은 없었다. 등받이 없는 오렌지색 벤치가 몇 개 나란히 놓여 있었는데, 앉고 싶게 하는 매력이 있었다. 벤치를 보며 맹목적으로 걷던 도중에 맨발이 땅에 닿았다. 내려다보니 슬리퍼 한 쪽이 뜯겨 나가 있었다. 연아는 쪼그려 앉아 슬리퍼 상태를 확인했다. 다시 쓰려면 본드나 양면테이프로 붙여야 하겠는데, 가진 게 맨손밖에 없어서 손쓸 방도가 없었다. 바닥에 밀착시킨 채로 질질 끌며 걸어볼까 했지만 거지 같아 보일 것 같아 관뒀다. 그녀는 못 쓰게 된 슬리퍼 한 쪽을 쓰레기통에 버렸다. 지면에 발을 한 쪽밖에 댈 수 없게 된 연아는, 고무줄놀이 하듯 한 발로 콩콩 뛰면서 이동했다.

연아는 디딜 곳 잃은 다리 한 쪽을 끌어안고 벤치에 앉았다. 넓은 공원에 홀로 고립되었다. 시간을 알고 싶어서 주위를 둘러보았지만 근처에 시계가 없었다. 두세 시쯤 되었을까. 일요일 오후 두 시라면 어김없이 영어 공부를 하고 있을 시간이다. 머릿속이 근질거렸다. 그녀는 어젯밤에 라면을 먹으며 외웠던 영어 단어 몇 개를 떠올려보다가, 혼잣말했다.

"아……. 왜 살지?"

연아는 나비를 쫓으며 놀고 있는 개를 구경하면서 생각했다.

사람들은 뭘 하면서 사는 걸까?

왜 그걸 하면서 사는 걸까?

왜 그렇게들 사는 걸까?

왜 사는 걸까?

그리고 나는 왜 이런 생각이나 하며 앉아 있는 걸까. 이게 다 떨어진 슬리퍼 탓이다. 오렌지색 벤치 탓이다. 더운 여름날 한가로운 공원에 나를 앉게 하지만 않았어도 사춘기가 발병할 일은 없었을 텐데.

그때 배에서 엄청난 소리가 났다. 그와 동시에 연아는 '왜 살지?'에 대한 해답을 얻었다.

"배고프다……."

먹기 위해서 사는 것이다. 아침을 거른 게 얼마 만일까. 점심까지 먹지 못했으니 위가 느끼는 배신감은 더할 것이다. 뭘 좀 먹어야 했다. 하지만 돈이 없었다. 연아는 주머니에 손을 넣어 밖으로 꺼내보았다. 호주머니만 볼록하게 딸려 나올 뿐 땡전 한 푼 없었다. 근처에 공중전화가 있는지 둘러보았다. 동생한테 수신자 부담으로 전화해 지갑 좀 갖고 나오라고 하고 싶었다. 하지만 그것은 반칙이다. 중간에 가족의 도움을 얻는 것은 정정당당한 가출이 아니다. 이것은 어디까지나 엄마와의 전쟁이고, 연아는 제대로 맞서고 싶었다.

편의점에 가서 구걸이라도 해볼까. 유통기한이 지나 폐기된 음식이라면 공짜로 줄지도 모른다. 그러나 연아는 고개를 저었다. 최소한의 품위는 지키고 싶었다. 친구를 불러내서 밥을 사달라고 할까 했지만 자신의 처지를 친구에게 보여주고 싶지도 않았다. 어쨌든 타인의 도움 없이 끼니를 해결하려면 돈이 있어야 했다. 이 상황에서 돈을 벌 수 있는 가장 현실적인 방법은 뭘까.

"알바를 구해야 하나……."

'알바'라는 단어를 직접 말해보니 뒤통수가 찡했다. 평소에 이 단어를 말했다면 아무렇지도 않았겠지만, 지금은 현실로 다가오는 만큼 울림이 남달랐다. 용돈이 아닌 내가 버는 돈. 순수한 나만의 돈. 그렇게 생각하니 조금 설렜다.

하지만 하고 싶다고 해서 덥석 구할 수 있는 것도 아니다. 알바생이 필요할 것 같은 가게를 일일이 찾아다니며 물어볼 수도 없다. 슬리퍼가 떨어져서 잘 걷지도 못하고. 구인 광고를 찾아 연락하는 것이 정석이겠지만 스마트폰도 없고, 이렇다 할 수단이 없다. 게다가 미성년자를 구하는 데는 많지도 않을 것이다. 운 좋게 구한다 해도 당장 일할 수 있는 것도 아닐 테고.

"역시 안 되겠다……."

뭐니 뭐니 해도 가장 큰 장애물은 의지 부족이었다. 이대로라면 오늘 내로 집에 돌아가게 생겼다. 이겼다는 표정을 짓는 엄마 앞에서 고개를 푹 숙이고 사죄하는 자신의 모습이 선명하게 그려졌다.

연아는 한숨을 쉬며, 무심코 고개를 돌렸다. 무언가가 눈에 밟혔다. 전봇대에 붙은 전단지였다.

개를 찾습니다

사례금 100만 원

품종: 골든 리트리버

특징: 빨간색 목줄에 '나비'라고 써 있음

짤막한 글과 함께, 혀를 쭉 내민 개의 사진이 큼지막하게 삽입되어 있었다.

"골든 리트리버……."

아빠가 동물병원 원장이어서 연아는 개의 종류를 많이 알았다. 골든 리트리버는 대형견이지만 매우 순하고 사람을 잘 따르는 데다 똑똑하고 충성심까지 높아 애완견으로는 완벽에 가까운 품종. 미국에서는 항상 애완견 인기 순위 1위다. 아빠가 집 마당에서 키우려고 했지만 엄마의 반대로 무산됐던 기억이 있다.

그 골든 리트리버가 지금 연아의 눈앞에 있었다. 아까부터 공원에서 나비를 쫓으며 놀던 녀석이었다. 뛰다 지쳤는지 지금은 눈을 뜬 채 모로 누워 숨만 쉬고 있었다. 연아는 입으로 '쭈쭈' 하는 소리를 내며 개의 관심을 끌어보았다. 그러자 개가 누운 채로 고개만 들어 연아를 흘겨보았다. 연아가 입으로 꾸준히 소리를 내며 손짓하자, 개는 끝내 호기심을 견디지 못하고 몸을 일으켰다.

"이리 와."

개가 꼬리를 건성으로 흔들며 연아의 앞으로 다가왔다. 연아는 개를 조금 쓰다듬다가 목줄이 걸려 있는 것을 보고, 털을 옆으로 쓸어낸 다음 그것을 확인했다. 이름표에 '나비'라고 적혀 있었다.

"너였구나!"

연아는 기쁨에 겨워 나비를 와락 끌어안았다가, 그대로 안아 올려 자리에서 일어났다. 근처에 공중전화 부스가 있어서 곧장 그리로 향했다.

부스 안으로 들어가 나비를 다리 사이에 끼운 다음 수화기를 들었다. 들고 온 전단지에 적힌 번호로 전화를 걸었다. 수신자 부담이라 절차가 까다로웠다. 먼저 자기가 누군지 설명한 다음, 상대방의 동의를 얻는 데까지 시간이 걸렸다.

나비의 주인은 남자였고, 차를 타고 금방 올 수 있다고 했다. 하지만 연아가 지명을 몰랐기 때문에 위치를 설명하려니 애를 먹었다. 주위에 눈에 띄는 건물이 무엇이 있나 둘러보고 있는데, 나비가 몸을 비틀더니 갑자기 공중전화 부스 밖으로 도망쳤다.

"……어, 야!"

연아는 전화를 끊고 서둘러 개를 쫓았다. 그러나 슬리퍼를 한 쪽만 신고 제대로 달릴 수는 없었다. 게다가 개가 너무 빨라 쫓을 수도 없었다. 연아는 도망치는 개의 속력 때문에 약간 상처를 받았다.

"에이 씨……."

또 욕이 나오려고 했다. '씨'만 발음했는데도 입 안에서 쓴맛이 났다. 그것은 경멸의 맛이었다. 쌍욕을 일상적으로 달고 사는 같은 반 남자애들에게 느꼈던 그런 경멸. 결국 이번 가출로 얻는 건 욕뿐인가. 그런 비극적인 결말은 사양이다. 얻는 것은 욕이 아니라 백만 원이라는 거금. 그 돈만 손에 넣으면 곧장 회전초밥집으로 쳐들어가 접시를 산처럼 쌓아 올릴 것이다. 먹을 것으로 동기를 부여하니 없던 힘이 솟았다.

연아는 나머지 슬리퍼 한 쪽을 벗어던졌다. 이로써 양쪽 다 맨발이 되었다. 발바닥에 닿는 보도블록의 감촉이 생경했다. 밖에서는 항상 양말과 신발에 둘러싸여 있던 발이 처음으로 아무런 보호 없이 맨땅을 밟은 것이다. 느껴본 적 없는 이질감 때문에 신경이 곤두섰다. 연아를 잡아당기는 중력이 235밀리미터 사이즈로 응축되었다.

하지만 막상 뛰려니 망설여졌다. 울퉁불퉁한 곳을 잘못 디뎌 발톱이 깨질 수도 있고, 깨진 유리 조각을 밟아 얇은 살이 찢어져서 피가 날지도 모른다.

"괜찮아……."

한 걸음 두 걸음 지면을 밟았다. 처음에는 발만 보고 뛰었다. 맨발이 바닥에 무사히 닿는 경우의 수가 늘어나자 두려움이 점점 사라졌다. 뛸 만했다. 별로 아프지 않았다. 점점 속력이 붙었다. 연아는 고개를 들고 앞을 보며 개를 쫓았다. 사람들의 따가운 시선이 느껴졌지만 아랑곳하지 않았다. 맨발이 된 것만으로도 의식의 일부분이 마쳐진 것 같았다.

개는 헤엄치듯 부드럽게 공기를 갈랐다. 거리가 점점 더 벌어졌지만 연아는 포기할 생각이 없었다. 눈에서 놓치지만 않으면 된다. 이대로 영원히 달리다 보면 저 녀석도 언젠간 지칠 것이다. 별안간 개가 속도를 확 줄였고, 거리가 금세 좁혀졌다. 연아도 이제 다 잡았다고 생각하고 서서히 속도를 줄였다. 그때 개가 갑자기 도로로 뛰어들었다. 차들이 급브레이크를 밟으며 경적을 울렸다. 개는 두어 번 바퀴에 깔릴 뻔했으나 기어이 도로를 건넜다.

"······말도 안 돼."

탄식이 절로 나왔다. 개는 도로 맞은편에서 혀를 팔락팔락 흔들며 숨을 골랐다. 그러고는 연아를 슬쩍 쳐다보더니 여유 있게 걸음을 옮겼다. 쫓아가고 싶었지만 상황이 불리했다. 횡단보도는 저 멀리 떨어져 있었고, 게다가 빨간불이었다. 언젠가는 파란불로 바뀔 테지만 거기까지 가서 기다리고 있을 시간이 없었다. 한편 개는 모퉁이를 돌아 막 모습을 감췄다.

"어쩌지······."

우선 무릎에 손을 짚고 숨을 골랐다. 연아는 도로를 빠르게 지나치는 차들을 주시하다가 제법 공간이 비었을 때 도로로 뛰어들었다.

스스로도 미쳤다고 생각했다. 왕복 6차로, 총 여섯 개의 널따란 차로를 무단 횡단할 작정이었다. 연아는 달려오는 차를 막기라도 할 것처럼 손바닥을 펼쳐 보이며 거침없이 내달렸다. 급정거하며 아스팔트를 긁는 타이어 소리가 시가지를 울렸다. 허공을 찢는 경적 소리가 연아의 귀를 때렸고, 차창 너머로 운전자들이 쌍욕을 하는 소리가 총알처럼 스쳤다. 온 세상이 욕하고 있다. 웃음이 나왔다. 맨발로 차로를 뛰어다니며 기쁜 듯이 웃는 여자애가 있는데, 그게 자기라는 사실이 믿기지 않았다. 차 한 대가 연아를 피하려다 중앙선을 침범하며 맞은편 버스와 정면충돌 할 뻔했다가 가까스로 멈췄다. 연아는 누가 다치지나 않았을까 하는 걱정보다도, 누가 블랙박스에 촬영된 내 모습을 SNS에 올리면 어쩌나 하는 걱정부터 앞섰다. 그래서 더욱 빨리 달렸다. 이곳에서 얼른 사라져주고 싶었다.

그러다가, 연아는 떴다.

"⋯⋯?"

돌연 눈앞이 캄캄해졌다.

아무것도 보이지 않았다.

심장이 멎는 듯한 찰나의 공포를 거쳐, 이해할 수 없는 감각이 연아를 지배했다.

몸이 가벼웠다. 진공 상태에 놓인 듯한 기분이었다. 자신의 질량을 전혀 느낄 수 없었지만, 부유하고 있음은 느낄 수 있었다. 떠 있었는데, 움직였다. 움직이고 있었는데, 날았다. 연아는 지금 엄청난 속도로 어딘가를 향해 던져지고 있었다. 너무 빨라 온몸이 분자 단위로 쪼개지는 것 같았다. 롤러코스터나 번지점프 따위를 아득히 초월한 쾌감이 그녀의 육감을 사로잡았다. 이러한 황홀경은 살면서 처음이었다. 이 비행이 영원히 끝나지 않았으면 하고 바랐다. 그러나 열망하는 순간 속력은 뚝 떨어졌고, 연아는 눈을 떴다.

몸이 돌아왔다. 감각 없이 존재감만이 돌아왔다. 손이 있고, 발이 있고, 머리가 있었다. 그리고 머리에는 눈과 코와 귀와 입이 있었다. 그토록 당연한 것을 연아는 이제야 깨달은 것만 같아 새삼스러웠다. 그녀는 머리에 붙어 있는 두 눈을 인식하고 나서 그것을 열어보았다. 보이는 것은 여전히 암흑뿐이었다. 하지만 뜨거운 후광이 느껴졌기에 뒤를 돌아보았다. 너무 밝아서 눈을 감았다. 고개를 약간 돌려 천천히 눈을 떠보았다. 그녀의 눈을 부시게 한 것은 태양이었다.

발치를 내려다보았다. 고운 시멘트색 가루가 지평선까지 펼쳐져 있었다. 그녀는 자신이 달 한복판에 서 있음을 깨달았다. '판단'할 필요가 없었다. 이성 같은 것은 아까 날아오며 다 날려 보냈다. 연아는 지금 불순물 없이 확실한 믿음으로 달 위에 존재하고 있었다.

고개를 돌리니 맞은편에 지구가 보였다. 호떡만 한 크기였다. 별로 예쁘지도, 경이롭지도 않았다. 저 안에 있을 때는 가늠할 수 없을 만큼 커다란 줄 알았는데, 지구라는 별은 의외로 소박했고, 하찮았다.

연아는 저 안에 있을 자기 자신을 찾아보았다. 한반도에 초점을 맞추고 줌을 당겼다. 그러자 어떤 여자의 모습이 망막에 맺혔다. 그녀는 이를 꽉 물고 있었다. 연아의 엄마였다. 그녀의 아래에서 태아의 머리가 막 삐져나오고 있었는데, 그 아이가 연아였다.

아이가 나오자 연아의 몸이 부르르 떨렸다. 갓 태어날 당시의 추위와 공포가 달까지 도달했다. 아기는 느닷없이 펼쳐진 혼돈에 대처하기 위해 필사적으로 먹고 싸고 잠을 잤다. 그리고 울었다. 마치 울기 위해 태어난 존재인 것처럼 쉬지 않고 울었다. 세상은 아직 아기가 감당하기에는 너무 건조했다. 촉촉한 아기는 메마른 세상에 자기를 맞추기 위해 물기를 짜듯 눈물을 짜냈다. 보송보송한 새 생명의 향기가 풍기기 시작할 즈음, 아이는 이유 없는 울음을 졸업했다. 조금씩 주위가 보였다.

아기가 처음으로 인식한 것은, 자신을 향한 엄마와 아빠의 미소였다. 그것에서 애정이라는 감각을 가장 먼저 체득했다. 그리고 연아는 아기의 눈동자에 비친 엄마를 보며 깨달았다. 엄마는 나를 사랑했다. 손을 들어 엄마의 볼을 어루만져주고 싶었지만, 저쪽의 풍경은 연아의 권한 밖이었다.

막 걸음마를 뗐을 때 동생이 태어났다. 부모의 미소가 동생에게로 양분되었다. 아기는 이때 질투라는 감각을 두 번째로 체득했다. 뒤이어 죽음이라는 개념을 본능적으로 인식했다. 동생을 죽여 '없애버리고' 싶었기 때문이었다. 하지만 동생이 짓는 해님 같은 웃음 때문에 분노가 눈 녹 듯 사라졌다. 연아는 죽음에 이어 가족이라는 개념을 받아들였다.

연아는 모든 것을 궁금해했고, 모든 것에 집중했다. 이 세상의 모든 것이 소중했고 절실했다. 알아가려는 욕망과 알고 나서의 희열은 그녀를 다채로운 행복으로 물들였다. 그녀는 여섯 살 때까지 시간의 개념을 이해하지 못했다. 시계도 볼 줄 몰랐다. 지금이 몇 시인지 따위는 궁금하지 않았다. 시간의 흐름이 곧 그녀의 혈류였고, 1분 1초는 혈관 속을 흐르는 적혈구였다. 피는 흐를 뿐, 굳이 그것들이 어느 지점을 흐르고 있는지는 알 필요가 없었다. 시간은 억겁처럼 느리게 기어갈 때도 있었고, 빛처럼 빠르게 스쳐갈 때도 있었다. 뒤죽박죽 엉킨 시간의 속도 안에서 생각과 이해의 틀은 말도 안 되는 추상화 같아 보였지만, 그래서 연아는 역설적으로 온전한 정물일 수 있었다. 보이는 것보다 보이지 않는 것이 더 많이 보이던 그때는, 매 순간이 마냥 소중했다.

하지만 일곱 살이 되자, 시간이 눈에 보이기 시작했다. 연아가 공부를 하기 위해 책상에 앉는 순간 시간은 한낱 숫자로 전락했다.

엄마가 말했다.

"우리 딸은 커서 서울대 갈 거지?"

그녀의 삶에 '목표'라는 딱지가 붙었다. 가야만 한다니. 이제껏 그런 것은 듣도 보도 못했다. 하지만 어쩔 수 없다는 것도 알았다. 어쩔 수 없이 책상 앞에 앉아야 할 것이다. 어쩔 수 없이 공부를 하며, 시간을 확인해야 할 것이다. 그녀는 인생이라는 강요에 가장 잘 대처하는 방법은 '어쩔 수 없다'며 체념하는 것임을 깨달았다. 엄마 앞에서 저항은 통하지 않았고, 그녀의 말은 곧 법칙이 되어 연아를 옥죄었다.

　장면은 빨리감기 하듯 순식간에 지나갔고, 어느덧 책상 앞에 앉아 있는 한 여자애의 모습만이 잔상처럼 망막을 맴돌았다. 그 여자애는 앉아서 책을 보는 상태로 몸만 커지고 있었다. 차라리 공포 영화를 보는 기분이었다. 아무 것도 한 게 없는데, 벌써 열여덟 고등학생. 시계가 없던 시절의 설렘은 온데간데없었다. 달에서 재생당하지 않았더라면 그런 한때가 있었는지조차 모르고 넘어갈 뻔했다.

　장면은 다시 느려졌다. 집에서 동생과 함께 야식을 먹었다. 엄마랑 싸우다 김치로 얻어맞고, 실랑이를 벌이다 끝내 가출하는 자신이 보였다. 택시를 타고, 찜질방에 가고, 죽은 듯이 잠을 자고, 그리고 개를 쫓다 무단 횡단을 했다. 그제야 깨달았다.

　연아는 차에 치였다.

　그녀를 들이받은 것은 경차였다. 2차로를 달리던 화물차에 가려진 탓에 1차로를 질주하던 경차를 미처 보지 못했다. 정면으로 부딪힌 연아는 차의 지붕 위를 굴렀다. 차가 지나가 구를 곳마저 잃어버리자 몸이 허공에 떴다. 연아는 머리부터 천천히 떨어졌다. 눈을 반쯤 감고 입을 아ー 벌린 채, 아직 무슨 일이 벌어졌는지 전혀 이해하지 못하겠다는 표정이었다. 머리카락이 파도처럼 흩날렸고,

몸은 체조 선수처럼 휘었다. 잡지의 모델이나 취할 법한 전위적인 포즈였다.

이 달세계 여행이 끝나면 다시 저 현실의 육체로 돌아갈 것이고 머리를 바닥에 찧어 죽을 거라고, 연아는 확신했다. 그렇지 않으면 달에 온 의미가 없을 테니까. 그 짧고 굵었던 모든 것을 볼 이유가 없을 테니까.

머리는 아스팔트 바닥과 약 1센티미터의 거리만을 남겨두고 있었다. 무섭지는 않았고, 다만 슬펐다. 어쩔 수 없이 이렇게 죽는구나. 죽는 순간까지 체념 말고는 할 수 있는 게 없어 서러웠다. 울고 싶었지만 눈물은 나오지 않았다. 달은 울음이 성립하지 않는 무중력 공간이었다.

돌이킬 수만 있다면 다음 생은 이렇게 살지 않을 것이다. 이렇게 억울한 기분으로 죽음을 맞이하기는 싫었다. 더 해 볼 수 있었을 것이다. 더 괜찮을 수 있었을 것이다. 행복이나 즐거움 같은 사치는 바라지도 않는다.

"죽기 싫어."

머리가 바닥에 닿았다. 커다란 소리와 함께 온몸이 진동했다. 달이 쪼개지는 소리가 한 번 들렸고, 이어서 두 번 들렸다. 이어서 네 번, 여덟 번 들렸고, 열여섯 번, 서른두 번, 예순네 번, 계속해서 파열음의 주기가 기하급수적으로 짧아졌고 초당 수천만 번 부서지다 못해 달은 마침내 가루가 되었다. 삐— 하는 이명이 연아의 청신경을 꽉 채웠다. 뾰족한 소리가 그녀의 귀를 뚫고 뇌를 꿰매며 지나갔다. 디딜 곳 없어진 연아의 몸이 우주 한가운데에서 여러 장으로 찢어졌다가 아아아아아아아아아아아아— 비명을 접착제 삼아 다시 겹치고, 찢어지고 겹치기를 반복했다. 원소 단위로 분해된 연아의 몸이 암흑 물질에 젖어 반죽이 되었고, 허리가 있어야 할 곳이 홀쭉한 원통 모양으로 주물러졌다가 치즈처럼 쭈욱 늘어나서 선으로 수렴되었다. 선은 끝 간 데 없이 뻗어가다 끝내 각 끝 점이 한 곳에서 만나 타원형을 이루었다. 그것을 단면으로 삼아 각도를 달리 해 측면에서 바라보니 어느새 원통이 생겨 그것이 갑자기 초음속으로 회전하기 시작했다.

연아는 최종적으로 원뿔이 되었다. 연아의 미간을 원뿔의 꼭짓점으로 가정하니 회전력이 생겼다. 드릴이 공회전하기 시작했다. 연아는 지금 달의 대기권을 깨고 있었다. 파열된 암흑에 투명색의 금이 생겼다. 이윽고 대기권이 얇은 유리 조각처럼 잘게 깨지는 순간, 껍질 밖에서 기다리고 있던 코발트빛 우주와 새롭게 빛나는 커다란 지구가 보였다. 연아는 그곳을 향해 전속력으로 날아갔다. 연료는 단 하나, 삶에 대한 집착이었다. 열권을 지나며 열을 잔뜩 받자 원뿔에 불이 붙었다. 중간권을 뚫고 바람 한 점 없는 성층권을 지날 때쯤에는 거대한 불덩어리가 되었다. 그리고 마침내 지구와 충돌했다. 땅이 녹고 맨틀이 증발하고 외핵이 깨지고 내핵이 계란 노른자처럼 터졌다. 온 세상이 폭발했다. 북극성을 향해 피어오른 구름 버섯은, 마치 지구라는 화분 위에 심어진 바오밥나무 같아 보였다.

"……."

폭발음이 일시에 멎었다.

귀를 찌르던 이명이 서서히 잦아들자, 현실의 소음이 달팽이관 안으로 조심스럽게 굴러들었다. 차가 달리는 소리가 들렸고, 새가 지저귀는 소리가 들렸고, 어디선가 울려 퍼지는 아이돌가수의 노랫소리가 들렸고, 자신의 숨소리가 들렸다.

"하, 학생! 괜찮아요?"

눈을 뜨니 모르는 남자가 흥분하며 이쪽을 내려다보고 있었다. 나를 친 운전자인가 보다, 하고 연아는 생각했다. 그가 부축해주려 하자 연아는 손을 들어 거절했다. 그리고 두 손을 땅에 짚은 다음 머리부터 천천히 일으켜보았다. 바위라도 걸친 듯 몸이 무거웠다. 뒤통수가 뜨거워 손을 갖다 대보니 피가 묻어 나왔다. 연아는 피를 바지에 대충 닦고 나서 자리에서 일어났다. 머리 말고는 딱히 다친 곳이 없어 보였다. 걸을 수도 있었다. 그래서 연아는 걸었다.

"저기, 학생!"

그 운전자가 다급하게 불렀지만 연아는 그냥 무시했다. 거기 있던 사람들 모두가 가던 길을 멈추고 연아를 지켜보았다. 연아는 좀 걷다가, 곧 개가 사라졌던 모퉁이를 향해 달리기 시작했다. 죽을 뻔했다는 사실보다도 사람들이 다 자기를 쳐다본다는 사실이 더 신경 쓰였다.

모퉁이를 돌자 멀리 떨어진 개의 뒷모습이 보였다. 개가 눈치를 채고 뒤를 돌아보더니, 연아를 보고 기겁하며 몸을 들썩였다. 하지만 도망치지는 않았다. 꼬리로 땅을 쓸며 얌전히 연아를 기다리더니, 순순히 잡혔다. 피 흘리며 휘청휘청 달려오는 연아의 모습에 겁을 먹은 것 같았다.

연아는 곧장 공중전화 부스로 가서 전화를 걸까 하다가 생각을 바꿨다. 이마에서 흐르는 피가 자꾸 신경 쓰였다. 씻을 곳을 찾아 근처를 빙 둘러보다가, 편의점이 보여 개를 데리고 그리로 들어갔다.

손님은 없었다. 이십 대 초반의 남자 점원이 스마트폰을 들여다보다가 연아를 보고 흠칫하며 자리에서 일어났다. 점원은 연아의 머리에서 흐르는 피와 헐떡거리는 개를 번갈아 노려보며 말했다.

"뭐…… 필요하신 거 있으세요?"

"물티슈 있어요?"

"바로 뒤 진열대 왼쪽으로 돌아가시면요."

연아는 점원이 일러준 대로 물티슈를 찾아내 가지고 왔다.

"저기, 죄송한데요." 연아가 말했다. "제가 피를 좀 흘렸는데 돈이 없어서요. 죄송한데 이거 공짜로 주시면 안 될까요?"

"……물티슈로 닦으려고요?"

"네."

"병원 가셔야 할 것 같은데……."

"그 정도까진 아니에요."

연아는 땀 닦듯 손등으로 피를 훔쳐내며 가볍게 미소를 지었다.

물티슈를 얻어내고 나서, 연아는 기둥에 부착된 거울 앞에 서서 자신의 상태를 점검했다. 우선은 물티슈로 피를 닦았다. 바닥에 찧은 곳은 정수리 왼쪽 부분이었다. 어느새 피가 굳어 출혈은 멎어 있었다. 꼬리뼈가 약간 아팠지만 딱히 멍이 든 곳도 없어 보였다. 피를 얼추 닦아내고 나니, 더 이상 차에 치인 사람처럼은 보이지 않았다.

점원에게 고맙다고 인사하고 나가려는데, 문득 출구 옆 진열대에 배치된 슬리퍼에 눈이 갔다. 그녀는 짧게 고민하고 나서 점원에게 말했다.

　"저기, 죄송한데 슬리퍼도 하나만 가져가도 될까요?"

　"그…… 그러세요."

　"진짜 고맙습니다."

　연아는 슬리퍼 하나를 집어 들고 재차 고맙다고 인사한 다음 밖으로 나갔다.

　연아는 편의점의 입구에 비치된 의자에 앉아 물티슈로 발을 닦고 슬리퍼를 신었다. 발바닥에 닿는 고무의 말랑한 감촉이 기분 좋았다. 슬슬 제정신이 돌아왔다. 차에 치였던 순간을 떠올리자 등이 서늘해졌다. 죽으면 어떻게 되는 걸까. 어쩌면 나는 그때 이미 죽었고, 이 모든 것은 다 내 영혼의 상상일지도 모른다.

　연아는 자신이 죽고 난 다음을 상상해보았다. 아마 아무것도 없을 것이다. 아무것도 없다는 사실조차 알 수 없는 공허함이 영원히 계속될 것이다. 연아는 개를 꼭 끌어안았다. 개가 낑낑거리자 연아는 개의 얼굴에 볼을 비비며 말했다.

　"너 때문에 죽을 뻔했잖아."

자동차가 더 컸더라면, 속도가 더 빨랐더라면, 더 치명적인 자세로 부딪혔더라면, 아마 죽었을 것이다.

기적일까, 우연일까.

기적은 아니다. 살아남은 것을 기적이라고 부를 만큼 세상에 대한 애착이 깊지는 않았다. 그러나 단순한 우연으로 치부하기에는 너무나 무거운 경험이었다. 연아는 찰나인 동시에 영원 같았던 달세계를 떠올렸다. 그녀는 그곳에 갔다 오고 나서 자신이 완전히 변해버렸음을 깨달았다.

대체 뭐가 달라져버린 걸까.

모든 게 모호했지만, 딱 하나 분명한 것은 그 변화된 부분을 하루아침에 깨달을 수는 없다는 점이었다. 시간이 필요했다. 엄마와 싸운 일로 한가롭게 가출이나 하고 있을 때가 아니었다. 집으로 돌아가기로 결심했다. 그 전에 이 불쌍한 개부터 어떻게 해주어야 했다. 연아는 공중전화 부스로 가 개의 주인에게 연락했다.

개 주인은 와인색 벤츠 오픈카를 타고 나타났다. 스피커에서 시끄러운 음악이 흘러나왔다. 그는 시동을 켜놓은 채로 차에서 내렸다. 덩치가 컸고, 누가 봐도 위험해 보이는 중년 남자였다. 양 팔에 그려진 호랑이와 학이 목덜미까지 휘감겨 올라와 있었다.

남자가 개를 발견하고 연아 쪽으로 성큼성큼 걸어왔다. 개가 주인을 알아보고 그에게로 달려갔고, 연아는 조금 뒷걸음질 쳤다. 남자는 개의 코를 손가락으로 때리면서 또 속 썩이면 보신탕집에 팔아버린다고 으름장을 놓았다. 그는 줄을 개의 목에 채우고 나서 연아에게 어색한 투로 인사했다.

"학생, 고마워."

"……네."

연아도 쭈뼛거리며 고개를 끄덕였다. 남자가 호주머니에서 봉투를 꺼내 연아에게 내밀었다.

"약속한 대로 백만 원."

"아, 저기……."

"왜? 더 줘?"

"아뇨, 돈은 필요 없어요."

남자는 연아의 꾀죄죄한 차림을 훑어보며 인상을 찌푸렸다.

"필요해 보이는데."

"정말 괜찮아요."

"……그래?"

남자는 어깨를 으쓱하고는 봉투를 도로 호주머니에 넣었다.

"따로 필요한 건 없고? 내가 빚지곤 못 사는 성격이라서."

"음…….." 연아는 고민 끝에 말했다. "그러면 집까지 태워다 주실래요? 제가 길을 잃어버려서요."

"좋아, 타라."

남자가 자신의 차를 향해 턱짓했다. 연아는 차를 보고 흠칫했다. 야구공에라도 맞았는지 앞 유리창에 주먹만 한 금이 가 있었다.

집에 도착했다. 남자와는 간단히 인사를 나누고 헤어졌다.

연아는 대문을 열고 안으로 들어갔다. 동생이 마당에서 축구공으로 리프팅 연습을 하다가 누나를 보고 공을 내려놓았다.

"어, 벌써 왔네?"

"엄마랑 아빠는?"

"엄마는 집에 있고 아빠는 병원." 동생은 실실 웃었다. "고작 하루 만에 돌아올 거면 가출은 왜 했냐? 근성 없게."

"닥쳐."

동생이 안으로 들어가려 하자 연아가 불러 세웠다.

"야, 엄마 지금 어때?"

"설거지하고 있을 걸?"

"아니, 나 나가고 나서 어땠냐고."

"별 거 없었는데? 그냥 화 좀 내다가 드라마 보고 자던데."

"……드라마?"

남동생이 태평하게 집 안으로 들어갔고, 연아도 따라 들어갔다.

숨이 턱 막혔다. 고작 하루 나갔다 왔을 뿐인데 집 안의 기압이 달라져 있었다. 주방으로 가보니 설거지하는 엄마의 뒷모습이 보였다.

"엄마, 누나 왔어."

동생이 외치자 그릇을 씻던 엄마의 팔이 잠깐 멈췄다가, 다시 움직였다. 동생이 제 방으로 올라가자 거실에 모녀 둘만 남겨졌다.

"배고프지?" 엄마는 돌아보지 않고 말했다. "와서 앉아. 설거지 끝나고 밥 차려줄 테니까."

"아냐, 먹었어."

"어디서? 지갑 놓고 나갔잖아."

"호주머니에 돈 있어서 그걸로 사 먹었어."

"그래? 그럼 됐고."

"……응."

"아빠한테 왔다고 전화해드려. 걱정하고 계시니까."

연아의 스마트폰은 어젯밤 놓아두었던 자리에 그대로 놓여 있었다. 아빠와 통화하는 사이, 엄마는 설거지를 끝내고 커피를 끓였다. 연아가 통화를 마치자 엄마가 말했다.

"커피 마실래?"

"아니."

"마셔. 그리고 거기 앉아."

엄마가 컵 두 개에 커피를 따르고 얼음을 넣었다. 연아는 엄마가 있는 곳에서 두 칸 떨어진 곳에 앉았다.

둘은 한동안 말없이 냉커피를 마셨다. 시럽을 타지 않아 맛이 썼다. 연아는 컵을 흔들며 둥둥 뜬 얼음만 내려다보았고, 엄마는 그런 연아를 지그시 바라보았다. 어떤 말로 설교를 시작해야 할지 고심하는 듯했다.

"그건 뭐야?" 엄마가 물었다.

"뭐?"

"바지에 묻은 거."

연아는 밑을 내려다보았다. 반바지에 피가 조금 묻어 있었다.

"피." 연아는 솔직하게 대답했다. "아까 차에 치여서 피 났거든."

엄마가 자리에서 벌떡 일어났다. 의자가 드르륵 끌리는

소리가 났다.

"차에 치였다고?"

"응."

연아는 바닥에 찧었던 머리를 손가락으로 가리키며 보여주었다. 머리카락이 피딱지에 엉켜 눌어붙어 있었다. 엄마가 숨을 들이켜는 소리가 들렸다. 연아는 신이 나서 말했다.

"차에 치였는데 날아가서 머리를 땅바닥에 박았거든. 그 때 좀 찢어졌나 봐."

엄마는 입만 뻐끔거리며 말을 잇지 못했고, 연아는 도전적인 눈빛으로 엄마를 노려보았다. 엄마가 두 손으로 머리칼을 쓸어 올리자, 정리되지 않은 머리카락 몇 올이 엄마의 이마 앞으로 축 늘어졌다.

"그래서?" 엄마는 도로 자리에 앉으며 말했다. "머리만 다쳤어?"

"어, 아니. 허벅지랑 꼬리뼈도 아프고……."

"다른 곳은?"

"허리도 아프고 목도 아파. 몰라, 나머지는 병원 가보면 알겠지. 머리가 깨졌는지 뼈가 부러졌는지 내가 어떻게 알아?"

"누가 그까짓 상처로 병원을 가?"

"······어?" 연아는 실눈을 뜨고 되물었다. "잘 안 들렸는데 뭐라고?"

"들었잖아." 엄마가 팔짱을 꼈다. "호들갑 떨지 마. 살짝 다친 거 가지고 지금 엄마한테 수작 부려?"

"엄마 눈엔 내가 '살짝' 다친 것처럼 보여?"

"안 죽고 살아 있잖아. 멀쩡히 걷고, 또박또박 말 잘 하고, 커피도 잘만 마시고. 머리도 보니까 그냥 살짝 찢어졌을 뿐이네. 굳이 병원까지 갈 필요 있어?"

"어! 난 아프니까!"

연아는 차오르려는 눈물을 꾹 참았다. 목소리가 떨릴 것 같아 신경 쓰였다.

"병원에서 제대로 검사 받을래."

"아빠도 의사니까 아빠한테 봐달라고 해."

"아빤 동물병원 의사잖아!"

"사람도 동물이야."

"내가 애완견이랑 같아?"

"너랑 짐승 새끼랑 다를 게 뭐 있어? 부모 말 안 듣고 빨빨거리면서 돌아다니다가 차에나 치여서 오고. 잘하는 짓이다. 고등학교 2학년이나 돼놓고 창피한 줄 알아야지. 너 그런다고 내가 눈 하나 깜짝할 것 같아? 기숙학원 가기 싫으니까 일부러 쇼하는 거 누가 모를 줄 아냐고."

"누가 쇼했다 그래?!"

"그럼 말해봐. 어쩌다 차에 치였는데? 차에 치였는데 운전자가 널 그냥 보내줬어?"

연아는 자신 없이 고개를 끄덕였다.

"그럼 뺑소니네. 경찰에 신고한다?"

엄마가 휴대전화를 들어 112를 누르자, 연아가 엄마의 손을 잡아 말렸다.

"뺑소니 아니야. 내가 도망친 거니까."

"치인 사람이 왜 도망쳐? 너 바보야?"

"내가, 내가 무단 횡단 하다가 그렇게 됐으니까."

"무단 횡단이든 아니든 사람을 쳤으면 무조건 운전자도 잘못이야."

"내 잘못이라니까. 빨간불인데 내가 도로에 뛰어들었어."

"아, 그러니까 네 말은 '일부러' 뛰어들었다는 거네?"

"일부러는 아니고……."

"그럼 어쩌다 뛰어들었는데?"

"……."

"왜 대답을 못해? 어쩌다가 뛰어들었냐고 묻잖아."

연아는 입술만 잘근잘근 씹다가, 기어들어가는 목소리로 말했다.

"개 쫓다가."

엄마가 웃었다. 소리 없이 바람만 새어 나오는 헛웃음
이었다. 엄마는 고개를 설레설레 저으며 말했다.

"나더러 그 말을 믿으라고?"

"진짜야!" 발끈해서 말이 빨라졌다. "애완견 찾는다는
전단지 보고 그 개 찾아서 쫓다가 사고 난 거야. 집에 올
때도 그 개 주인이 차 태워줘서 그거 타고 왔어. 그 사람
전화번호 아직 안 까먹었는데 전화 걸어볼까?"

"됐다. 그만하자."

"아 씨, 진짜라니까?!"

"……씨? 너 지금 '씨'라고 했어?" 엄마의 얼굴이 험악
해졌다.

"내가 언제?!"

"아까 씨라고 했잖아!"

"그니까 내가 언제?!"

"아까 했잖아! 근데 얘가 어디서 소리를 버럭버럭 질
러? 버르장머리 없게!"

연아가 눈에 핏대를 세우자 엄마도 눈을 부릅뜨고 마주
섰다. 엄마가 손가락으로 연아의 이마를 툭툭 밀치며 말
했다.

"가출 한번 했다고 이게 이제 아주 막 나가겠다 이거

지? 차에 치이니까 눈에 뵈는 게 없어졌어? 엄마가 만만해? 엄마가 네 친구야? 어디서 눈 치켜뜨고 바락바락 대들어? 어?! 그 싸가지 누구한테 배워먹었어?"

"엄마한테 배워먹었다!"

엄마가 연아의 볼에 따귀를 날렸다.

"아, 씨발! 왜 때리는데!"

"씨…… 씨발?!"

엄마가 손을 힘껏 쳐들었다. 연아는 피하지 않고 턱을 꽉 물었다. 엄마가 손을 내리치자 손바닥이 아니라 주먹에 맞은 듯 둔탁한 소리가 났다. 연아가 의자와 함께 뒤로 나자빠졌다. 층계참에 숨어 몰래 구경하고 있던 동생이 헐레벌떡 내려와 엄마를 붙잡았다.

"엄마, 그만해! 누나 피나잖아!"

입술이 터져 입가에서 피가 흘렀다. 연아는 굴하지 않고 다시 일어나 엄마를 노려보았다.

"어어? 좋아, 그래……." 엄마가 사악하게 웃었다. "그 독사 같은 눈깔 언제까지 치켜뜨나 한번 보자. 네가 이기나 엄마가 이기나 어디 한번 해봐!"

엄마가 뛰어나가자 동생이 온몸으로 엄마를 껴안으며 소리쳤다.

"그만하라고, 좀! 엄마 왜 이래? 미친 사람 같아. 누나

죽이려고?!"

동생이 온 힘을 다해 엄마를 뒤로 밀어냈다. 연아와 엄마의 거리가 점점 벌어졌다. 연아는 여전히 엄마를 표독스럽게 노려보았고, 엄마도 동생의 어깨 너머로 연아를 때려잡을 듯이 쏘아보았다.

엄마는 아들을 밀쳐내려다가, 결국에는 그가 하는 대로 가만히 놔두었다. 아들의 뜨거운 체온이 엄마의 흥분을 서서히 식혔다.

"알았으니까, 비켜." 엄마가 말했다.

"안 때릴 거지?"

"응."

"진짜지? 약속해, 나랑."

"알았다니까."

"새끼손가락 걸어."

남동생이 몸에서 힘을 빼고 사이를 벌린 다음, 엄마의 눈앞에 새끼손가락을 들이댔다. 엄마는 숨을 거칠게 몰아쉬며 아들의 새끼손가락을 내려다보다가, 마지못한 듯 새끼손가락을 걸고 엄지를 찍었다. 동생이 엄마를 품에서 놓아주었다.

동생은 연아와 엄마의 중간 지점에 못 박고 서서 둘을 경계했다. 연아와 엄마는 꼼짝도 하지 못했다. 동생이 눈물을 흘리고 있었기 때문이었다. 모녀는 그가 코를 훌쩍이며 눈물을 닦아내는 모습을 가만히 바라보다가, 서로의 반대 방향으로 천천히 멀어졌다.

"이연아. 병원 가게 옷 갈아입고 나와." 엄마가 말했다.

"싫어."

"아프다며."

"엄마한테 맞은 게 더 아프거든?"

"아, 누나 제발……!"

동생이 끼어들어 누나를 향해 두 손을 모았다. 연아는 콧방귀를 뀌며 시선을 피했다.

"잔말 말고 옷 갈아입고 나와." 엄마가 말했다. "아니면 그냥 그 꼬라지로 가든가."

"괜찮다고. 별로 안 아파."

"그럼 말든지."

엄마는 망설임 없이 뒤돌아 안방으로 향했다. 들어가기 전에 그녀는 연아에게 말했다.

"네가 안 가겠다고 한 거다."

"네네."

엄마는 또다시 끓어오르려는 흥분을 긴긴 한숨으로 흘려보냈다. 그리고 말했다.

"너 가출하고 엄마도 생각 많이 했어. 널 너무 피곤하게 했나 싶어서. 근데 오늘 너 하는 거 보니까 안 되겠네. 넌 꽉 잡아놓지 않으면 안 될 애야, 딱 보니까. 어디 엄마한테……. 기숙학원은 취소 안 할 거니까 그런 줄 알고 갈 준비해."

연아가 반박하려고 가슴을 내미는 순간, 동생이 오만상을 찌푸리며 그녀의 손을 잡고 '제발 그냥 가'라고 입모양으로 뻐끔거렸다. 연아는 끝내 엄마가 안방으로 들어가 문을 닫을 때까지 아무 말도 할 수 없었다.

"누나 괜찮아?" 동생의 목소리가 심하게 떨렸다. "내가 같이 병원 가줄까?"

"안 간다고 했잖아."

동생이 우는 모습을 보니까 괜히 자기까지 눈물이 나려고 했다. 연아는 방으로 올라갔다. 동생이 따라왔지만, 그녀는 안으로 들어가 문을 걸어 잠갔다.

침대에 몸을 던지고 천장을 올려다보았다. 엄마한테 맞은 볼이 뜨겁다 못해 따가웠다. 두 손으로 얼굴을 그러쥐었다. 아무도 모르는 곳으로 도망치고 싶을 만큼 최악의 하루였다.

chapter 4

◇

무덤

학원이 파한 후, 김민준은 셔틀 버스를 타지 않고 걸었다. 충동적으로 시작한 밤 산책이었다. 느긋하게 걸으며 평소에는 생각 없이 지나쳤던 풍경을 찬찬히 눈에 담았다. 스마트폰은 전원을 끄고 가방 안에 넣었다. 귀가가 늦어지면 부모님에게 한 소리 들을 것이다. 지각 한 번 해본 적 없는 그에게는 사소한 일탈이었다.

그러나 민준은 걷던 도중, 자기와는 비교가 안 되는 일탈을 목격했다. 한 여고생이 중년 남자와 모텔 안으로 들어가려 하고 있었다. 같은 학교 학생이었는데, 교복 넥타이의 색깔을 보니 3학년, 민준보다 한 학년 위의 선배였다.

민준은 고민했다. 그는 차기 학생회장이었지만 아직 당

선만 됐을 뿐, 제대로 된 임명장도 수여받지 못한 상태였다. 그렇다고 학생이 불건전한 길로 빠지려드는 광경을 못 본 척할 수는 없었다. 당선된 순간부터 그의 심장은 이미 뜨거운 사명감으로 불타오르고 있었다.

민준은 결심하고 그들에게 다가갔다. 뛰고 싶지는 않았기에 경보하듯 빠르게 걸어 거리를 좁혔다. 여고생과 중년남자가 자기들 쪽으로 급하게 다가오는 민준을 알아채고 돌아보았다. 민준은 여고생의 얼굴을 보고 누군지 단박에 알았다.

임다정. 학교에서 가장 예쁘기로 이름난 3학년 선배였다. 이제껏 멀리서만 봐오다 이렇게 가까이서 보니 과연 놀랄 만큼 예뻤다.

민준이 넋 놓고 바라보자 다정이 불쾌하다는 표정을 노골적으로 드러냈다. 그제야 민준은 정신을 차리고 입을 열었다.

"선배님, 안녕하세요."

"……누구?"

민준은 당황했다. 우리 학교 학생 중에 자기를 모르는 사람이 있었다니.

"아, 저 2학년 김민준이에요. 이번에 학생회장 당선된……."

민준은 자신감 없이 말끝을 흐렸다. 다정은 눈동자를 굴리며 잠깐 생각하더니 "아" 하며 민준을 손으로 가리켰다.

"그 이상한 코스프레 같은 거 하고 복도 돌아다니던 애?"

"……네."

"네가 됐구나."

다정은 별꼴 다보겠다는 식으로 고개를 끄덕였다. 정확히는 아이언맨 코스프레였다. 그 당시를 생각하자 민준은 얼굴이 뜨거워졌다.

"왜?" 다정이 물었다. "나한테 무슨 볼일 있어?"

"아, 네." 민준은 헛기침을 하며 평정을 되찾았다. "실례지만 옆에 있는 분은 누구세요?"

다정은 별 거 아니라는 듯 담백하게 대답했다.

"우리 아빠야."

다정의 아빠라고 소개된 남자는 목각 인형처럼 뻣뻣하게 서 있었다. 고등학생 두 명을 앞에 두고 대체 어떤 표정을 지어야 할지 모르겠다는 표정이었다.

"뭐야." 다정이 웃으며 말했다. "내가 모르는 아저씨랑 원조교제라도 하는 줄 알았어?"

다정이 농담하자 아저씨가 어색하게 웃었다. 민준은 그 웃음을 보고 더욱 의심을 굳혔다.

"근데 둘이 하나도 안 닮은 거 같은데……."

다정의 표정이 험악해졌다.

"나 엄마 닮았어. 지금 내 말 의심해?"

"아뇨, 그냥 궁금해서요. 아빠랑 딸이랑 같이 모텔에 들어가는 게 자연스러운 건가 싶어서……."

"아빠 멀리 제주도에 사는데 잠깐 나 보려고 올라왔어. 나 학교 기숙사 쓰는데 아빠를 기숙사에다가 재울 순 없잖아. 그럼 이 상황에서 아빠랑 모텔 말고 어딜 가면 자연스러운데? 칠성급 호텔이라도 가야 되나? 아니면 친자확인증명서도 떼서 보여줄까?"

"……아뇨, 괜찮아요."

민준이 낭패감 짙은 얼굴로 꼬리를 내리자, 다정도 험악했던 표정을 풀고 부드럽게 말했다.

"그니까 넌 걱정해준 거잖아, 그치? 그건 고맙게 생각할게. 그래도 다음부터는 좀 알고 설레발쳤으면 좋겠다. '그런 애' 취급받으면 사람 기분이 어떨 것 같아?"

"죄송합니다."

민준은 꾸벅 고개를 숙였다. 다정은 남자의 팔에 팔짱을 끼고 당당하게 모텔 안으로 들어갔다. 민준은 은근히 화가 나서 한동안 모텔 앞을 서성거리다가, 결국에는 씩씩거리며 집으로 향했다. 밤 산책은 더 이상 즐겁지 않았다.

그는 땅만 보며 걷다가, 다시 모텔 앞으로 돌아왔다. 이대로 갈무리하기에는 석연치 않은 구석이 많았다. 아무리 생각해도 그 남자는 아빠 같아 보이지 않았다. 그에게서는 자식과 함께 있는 아빠의 분위기를 전혀 느낄 수 없었다. 게다가 임다정에 관한 평판 역시 무시할 수 없었다. 그녀가 원조교제를 하고 다닌다는 소문은 이미 학교 내에 파다했다. 그녀가 나이 많은 남자들과 함께 돌아다니는 장면을 목격한 학생이 한둘이 아니라는 듯했다. 민준은 유언비어라고 여겼었지만, 이제는 그 생각이 뒤집어졌다.

민준은 모텔 건물의 상층부를 올려다보았다. 어두컴컴한 창문들 중 하나에 막 불이 들어왔다. 방금 모텔에 들어간 사람은 임다정 일행밖에 없으니 저기가 아마도 그들이 잡은 방일 것이라 추측할 수 있었다. 세어보니 삼 층이었다. 그는 스마트폰을 꺼내 전원을 켜고 기숙사에 사는 친구에게 전화를 걸었다.

확인 결과 임다정은 기숙사에 살지 않는 것으로 판명되었다. 처음부터 이상하다고 생각했다. 기숙사는 각 학년마다 전교 30등 안에 드는 학생들만 받아주기 때문이다. 전교 2등인 민준도 한때 기숙사 생활을 한 적이 있었다. 그래서 성적이 좋은 선후배들과 두루두루 알고 지내는 편이었다. 하지만 그 우수생 라인에 임다정은 단 한 번도 거론

된 적이 없었다. 후회가 밀려들었다. 왜 기숙사를 가지고 물고 늘어지지 않았을까.

따라 들어갈 수도 없다. 경찰에 신고해야 하나? 그러나 아직 원조교제인지 아닌지 확인된 것도 아니다. 둘이 정말로 부녀지간이라면, 섣불리 경찰을 불렀다가 가족의 단란한 한때를 망쳐버리는 결과를 초래할 수도 있다. 게다가 민준은 다정을 법적으로 궁지에 몰아넣고 싶지 않았다. 평화롭게 그녀를 선도하고 싶을 뿐이었다.

그때 어디선가 오토바이 소리가 들려왔다. 소리는 점점 가까워지더니 민준 앞에서 멈췄다. 피자 배달부였다. 어려 보이는 배달부가 오토바이에서 내려 보온박스를 열고 피자 한 판을 꺼내 모텔 안으로 들어갔다. 배달부는 카운터를 향해 "피자 배달이요"라고 한마디만 남기고 위층으로 올라갔다.

민준의 머릿속에 전구가 켜졌다. 배달부로 가장하고 들어가면 되는 것이다. 그러나 배달부인 척하려면 우선 피자든 치킨이든 배달음식을 마련해야 한다. 그러려면 주문을 해야 하는데, 주문을 하고 닭을 튀기고 여기까지 배달하는 데에만 적어도 삼십 분은 걸릴 것이다. 아무리 세상 물정에 미숙한 고등학생이라지만, 모텔 안의 남녀에게는 그 정도 시간만 있어도 충분하다는 것 정도는 알았다.

민준은 포기했다. 그 선배가 중년 남자랑 모텔방 안에서 뭘 하든 무슨 상관이람. 가족도 아니고, 친한 사이도 아니고, 그저 같은 학교에 다닐 뿐인데 이렇게까지 걱정해 줄 필요는 없다.

민준이 고뇌하는 동안, 피자 배달부가 배달을 마치고 떠났다. 그리고 바통을 이어받듯 치킨 배달부가 등장했다. 배달부가 치킨을 들고 모텔 안으로 들어가려 하자, 민준이 그를 불러 세웠다.

"저기요! 잠깐만요."

배달부가 멈칫하자, 민준은 서둘러 말했다.

"그거 제가 시켰어요."

"501호요?"

"네."

"이만 원입니다."

배달부는 아무런 의심 없이 힙색의 지퍼를 열고 수금할 준비를 했다. 민준은 지갑을 꺼내 손을 부들부들 떨며 이만 원을 건넸다. 피 같은 일주일치 용돈이 순식간에 날아갔다.

민준은 치킨의 고소한 냄새를 맡으며 마음을 다잡았다. 겁쟁이처럼 굴 거였으면 애초에 학생회장이 되려고 하지도 않았다. 그는 진심으로 자신이 학생들에게 도움이 되

는 인간이기를 바랐다. 대학 들어갈 때 가산점이나 받아
보려고 학생회장을 하는 얼치기들이 꼴 보기 싫어 직접
학생회장이 되지 않았던가. 그러니까 이것은 절대로 설레
발이 아니다. 스스로에게 당당해지자. 내 행동은 옳다.

　민준은 치킨을 들고 모텔 안으로 들어갔다.

　민준은 우선 교복 와이셔츠를 벗어 가방 안에 담았다.
미성년자로 보이면 괜히 수틀릴 것 같았기 때문이었다.
그는 반팔 차림으로 카운터 종업원 앞에 섰다. 이십 대 초
반의 게을러 보이는 남자가 스마트폰으로 게임을 하고 있
었다.

　"……치킨 배달이요."

　민준이 어색하게 말했다.

　"올라가세요."

　종업원은 쳐다보지도 않고 대답했고, 민준은 곧장 3층
으로 올라갔다.

　3층 복도에 서서 위치를 가늠해보았다. 밖에서 위를 올
려다보았을 때, 왼쪽에서 세 번째 창문에 불이 들어왔었
다. 민준은 복도의 왼쪽 끝에서 세 번째 문 앞으로 가서
섰다. 305호. 그는 침을 한 번 삼킨 다음 노크했다. 대답이
없자 여러 번 두드렸다. 그러자 건너편에서 "누구세요?"

하는 여자의 목소리가 흘러나왔다. 임다정의 목소리였다.

"치킨 배달입니다."

민준은 목소리를 일부러 굵게 해서 말했다.

"치킨? 시킨 적 없는데?"

"305호 맞으시죠?"

"네."

"이거 305호에서 시키신 거 맞는데요? 매운 맛으로 날개랑 다리 콤보에 콜라 큰 거 하나."

맞은편이 잠시 조용해졌다. 곧 문이 열렸고, 거기서 임다정이 모습을 드러냈다. 여전히 교복을 입고 있었고, 머리를 풀어헤친 상태였다. 그녀의 등 뒤에서 물소리가 들렸다. 남자가 씻고 있는 듯했다. 다정은 머리칼을 쓸어 넘기며 민준과 치킨을 번갈아 보다가, 무표정한 얼굴로 말했다.

"너 미친 새끼지?"

"미친 건 누나죠."

"뭐?"

"누나 지금 원조교제 하려고 하잖아요."

"야. 아까 그렇게 설명해줘도 못 알아들었어?"

"누나 기숙사 안 살잖아요. 다 알고 왔거든요?"

"……"

"그냥 솔직히 말하세요. 저 사람, 누나 아빠 아니죠?"

"누가 네 누난데? 너 나 알아?"

"말 돌리지 마요. 저 사람, 아빠 아니죠?"

"아니면 어쩔 건데?"

민준은 대답 대신 다정을 밀어내고 방 안으로 들어갔다.

"야! 안 나가?!"

다정이 민준의 팔을 잡아끌며 소리 없이 악을 질렀다. 하지만 민준은 지지 않고 침실까지 들어갔다. 민준은 치킨을 테이블에 대충 던져놓고 다정의 가방을 챙겼다.

"같이 나가요."

다정이 가방을 다시 빼앗았다.

"너나 나가."

"누나가 안 나가면 나도 안 나갈 거예요."

"아, 씨발!"

민준은 놀랐지만, 애써 동요하지 않은 척했다. 다정은 욕실 쪽을 살펴보고 나서 말했다.

"꺼지라고 미친놈아. 너 뭔데?"

"학생회장 김민준이요."

"지랄하지 말고, 너 나 알아?"

"알죠. 학교에 소문 다 났어요. 맨날 이러고 다닌다고."

민준은 말해놓고 아차 했다. 그러나 다정은 딱히 상처

142

받은 기색은 없어 보였다.

"알면 됐네. 남의 일에 신경 쓰지 말고 나가줄래?"

"싫어요."

"왜? 나랑 너랑 무슨 상관인데?"

"상관있어요."

"그러니까 무슨 상관이냐고 묻잖아. 내가 좋아?"

"네? 아닌, 아닌데요?"

"그럼 뭐냐고. 네가 뭔데 남의 사생활에 참견질인데?"

"지금 여기서 누나를 모른 척하고 가면, 학교 다니는 내내 후회할 거 같아요."

"……."

"저 학생회장 폼으로 된 거 아니에요. 진심으로 학생들한테 도움이 되고 싶어서 아이언맨 코스프레하고 복도 뛰어다녔던 거예요. 난 누나 도와주고 싶어요."

"그럼 꺼져. 그게 나 도와주는 거야."

"아뇨, 난 그렇게 생각 안 해요. 누나 이러다 임신하면 어쩌려고요?"

"피임하니까 괜찮아."

"아니, 그런 게 아니라……. 자기 자신을 소중하게 생각해야죠. 이런 짓하면서 누난 안 무서워요?"

"전기충격기 들고 다니니까 괜찮아."

둘은 잠깐 입씨름을 멈췄다. 물론 둘 다 물러설 생각은 전혀 없었다. 다정은 민준의 부담스러울 정도로 맑은 눈빛에서 각오를 읽었다. 그 순수함이 거북스러울 정도였다. 거북하다기보다도, 당황스러웠다. 민준은 처음 겪어보는 종류의 남자였다.

다정은 한숨을 내쉬며 말했다.

"알았어. 네가 정의감에 불타는 애인 거 잘 알겠어. 근데 난 돈이 필요해."

"왜요?"

"엄마가 많이 아프셔."

"거짓말이죠?"

"아닌데."

"눈동자 굴리는 거 다 봤거든요?"

"진짜라고. 병원비 청구서 끊어서 보여줘?"

"네! 보여주세요."

그때 욕실 문이 열리는 소리가 났다. 욕실은 현관 옆에 붙어 있어 통로를 사이에 두고 침실과 분리되어 있는 구조였다. 침실 문 너머로 환풍기 돌아가는 소리, 남자가 흥얼거리며 수건으로 몸을 터는 소리가 들렸다.

"야, 일단 숨어." 다정이 민준을 침대 쪽으로 밀었다. "나오기 전에 빨리!"

"싫어요!"

"쉿, 조용히 말해!"

다정이 손으로 민준의 입을 막았다. 그녀는 거의 코가 닿기 직전까지 얼굴을 들이대고 말했다.

"저 아저씨 없으면 우리 엄마 죽어. 병원비 한 달에 백만 원 넘는단 말이야."

"그짓말……."

"거짓말 아니면 어쩔 건데? 네가 대신 병원비 내줄래?"

민준은 대답하지 못했고, 다정은 계속해서 말했다.

"저 아저씨 돈 많아. 한 번에 얼마씩 주는지 알아? 어쨌든 저 아저씨 없으면 병원비 못 내. 병원비 못 내면 우리 엄마 죽어. 너 우리 엄마 죽이고 싶어?"

민준은 다정의 손을 치우고 입을 열었다.

"근데 병원비를 왜 누나가 내는데요? 아빠는요?"

다정은 자기 이마를 후 불었다. 앞머리가 분노로 팔락거렸다.

"나 아빠 없어."

그때 욕실 문이 닫히는 소리가 났다. 다정이 민준의 등을 꼬집고 떠밀었다.

"아 씨, 그냥 빨리 숨어 제발 부탁이니까, 좀!"

민준은 끝내 침대 매트리스 밑으로 기어 들어갔다.

"나오면 죽는다."

다정은 그 말을 남기고 이불보를 밑으로 끌어내려 민준을 숨겼다.

"왜 거기 쭈그리고 앉아 있어?"

남자가 말했다. 평범한 목소리였다.

"……그냥, 스트레칭 좀 했어요."

남자는 가볍게 고개를 끄덕였다. 그는 테이블에 놓인 치킨을 보고 말했다.

"통닭 시켰구나?"

"네? 아…….'' 다정은 어색하게 웃었다. "배고플 것 같아서…….''

"잘 시켰네. 마침 출출했는데. 좀 전에 문 열리는 소리 들리길래 난 또 뭔가 했지."

다정이 일어나 침대에 앉았다. 민준의 얼굴 위로 매트리스가 약간 가라앉았다.

"근데 무슨 일 있었니?" 남자가 말했다.

"네? 뭐가요?"

"방금 누구랑 급하게 전화하는 것 같던데."

"……네. 친구랑."

"친구가 왜, 무슨 일 있었대?"

일단 물어나 보자는 투였다. 남자는 침대 머리맡의 스

146

탠드를 켜고 천장의 전등을 껐다. 방 안을 어둡게 하고 나서 남자는 수건 가운의 앞섶을 풀며 다정의 옆에 앉았다. 다정은 심각한 표정으로 말했다.

"친구 아빠가 돌아가셨대요."

"아, 저런……."

남자는 잠시 안타까운 척해주고 나서 다정의 어깨에 손을 올렸다. 다정은 남자의 손을 치우며 말했다.

"그래서요, 저 지금 친구한테 가봐야 할 거 같은데……."

"아, 그러니?" 남자가 다시 어깨에 손을 올렸다. "그럼 십 분만 있다 가."

"아뇨." 다정이 다시 손을 쳐냈다. "오늘은 진짜 아닌 거 같아요. 내일 다시 연락할게요."

다정이 침대에서 일어나자 남자가 그녀의 손목을 잡았다.

"그러지 말고. 돈 더 줄 테니까."

"오늘은 진짜 안 돼요."

"십 분 정도는 금방이니까 괜찮잖아."

"친구 지금 울고 있어요. 이럴 기분 아니에요."

"오늘따라 왜 이렇게 팅기실까. 나 내일부터 출장이라서 한동안 못 봐. 돈 필요 없어?"

"하아……." 다정은 욕이 목구멍까지 차올랐으나 간신

히 참았다. "오늘은 진짜 싫다고요, 내가."

그때 남자가 손을 확 끌어당겨 다정을 억지로 눕혔다. 다정이 발버둥 치자 남자는 온몸으로 그녀를 눌러 꼼짝 못하게 만들었다. 다정이 비명을 지르며 격렬하게 몸부림 쳤지만, 그럴수록 남자의 태도는 더 거칠어졌다. 옷을 찢 듯이 벗기는 바람에 교복 단추가 다 뜯겨 나갔다. 남자가 다정의 가슴을 꽉 쥐며 귀를 이빨로 깨물었다. 숨소리가 날짐승 같았다.

"그러니까…… 왜 억지로…… 하게 만들어."

그녀는 발악하다가 겨우 자유로워진 한 손으로 가방을 집었다. 가방 안을 필사적으로 휘젓자 전기충격기가 손에 잡혔다. 그것을 꺼내 세기를 최대치로 맞추고 남자의 뒷 덜미에 갖다 대자 감전되는 소리가 지그재그로 퍼져나갔 다. 전기가 튀는 빛 때문에 어두운 방 안이 간헐적으로 밝 아졌다. 남자는 목소리도 내지 못하고 바르르 떨었다. 입 이 아치 모양으로 굳으며 침이 튀어나왔다. 다정은 자기 까지 감전되는 듯한 느낌에 깜짝 놀랐다. 남자와 너무 붙 어 있던 탓에 전류가 피부를 타고 넘어온 모양이었다. 하 지만 참을 만했기 때문에 남자가 확실하게 기절할 때까지 계속 지졌다. 살이 타는 냄새가 날 때쯤 돼서야 다정은 무 기를 치웠다.

민준이 침대 밖으로 기어 나왔다. 타는 냄새 때문에 코끝이 아찔했다. 침대 위를 보니 남자가 마네킹처럼 뻣뻣하게 누워 있었다.

"누나" 하고 민준이 다정을 부른 순간, 다정이 그의 뺨을 힘껏 때렸다. 민준은 말없이 눈을 크게 뜨고 다정을 쳐다보았다.

"도와줘야 될 거 아냐!"

다정이 버럭 소리치자 민준은 멍청한 표정으로 대답했다.

"누나가 나오지 말라면서요."

다정은 한 대 더 치고 싶었으나 참을성 있게 말했다.

"넌 내가 죽으라고 하면 죽을래?"

"그게 아니라……." 민준은 시선을 피했다. "난 누나가 '하는' 줄 알았죠."

"딴 사람 있는데 하겠냐, 이 병신아? 누가 봐도 당하는 거였잖아! 나 소리 지르는 거 못 들었어?"

민준은 보일락 말락 고개를 저었다.

"못 들었어요."

"그걸 못 들었다고? 목이 터져라 질렀는데?"

"진짜로 못 들었어요. 이상하네. 침대 밑이라서 그런가?" 민준은 침대를 꾹꾹 눌러보며 말을 이었다. "매트리스가 소리를 흡수했을 수도 있어요, 내 생각엔……."

"흡수……?" 다정은 웃었다. "내가 직접 들어가서 확인해볼까?"

"들어가보세요. 진짜 아무것도 안 들려요."

"……."

다정이 경멸의 시선을 보내자, 민준은 눈을 내리깔았다. 사실 듣기는 들었다. 더군다나 눈앞에서 매트리스가 그렇게나 격하게 요동치는데 모를 수가 없다. 하지만 그것이 위험을 알리는 의미의 비명인 줄은 몰랐다. 긴가민가했던 것이다. 어떻게 받아들여야 할지 도무지 감을 잡을 수 없었다. 고려해야 할 사항이 너무 한꺼번에 밀려드는 탓에 머릿속이 하얘져서 결국 아무런 행동도 취하지 못했다. 스스로에게 깊이 실망했다. 구구절절 핑계나 늘어놓다니. 이럴 거면 애초에 모텔 안으로 따라 들어오지를 말았어야 했다.

민준이 자괴감에 빠져 있는 사이, 다정은 전등을 켜고 창문을 열었다. 교복 상의 단추가 다 떨어져 브래지어가 드러났다. 민준은 다정의 맨살을 보고 고개를 미세하게 떨었다. 그는 정신을 차리고 나서, 가방을 열어 아까 벗었던 자신의 교복 상의를 꺼내 다정에게 내밀었다.

"누나, 일단 이거……."

다정은 군말 없이 그것을 받아 입었다. 사이즈가 커서

허벅지까지 내려왔다. 민준은 다정이 머리를 묶는 모습을 맥없이 지켜보다가, 침대 위에 쓰러져 있는 남자에게로 시선을 돌렸다. 남자는 죽은 듯이 멈춰 있었다. 민준은 그를 바로 뉘었다. 삐뚤어진 입에서 거품이 흘러나왔다.

"……누나."

민준이 쉰 목소리로 다정을 불렀다. 다정은 막 남자의 지갑에서 현금을 꺼내 세고 있었다.

"왜?"

"어떻게 할 거예요?"

"뭘?"

"이 아저씨요."

"그냥 놔두고 가야지."

"이대로?"

"나중에 알아서 깨겠지."

다정은 돈을 접어 호주머니에 넣은 다음 가방을 챙겨 나갈 채비를 했다. 어쨌든 이제 이 남자와는 끝이다. 그녀는 다른 물주를 찾아야 한다는 생각으로 머릿속이 가득 찼다.

"119 불러야 하는 거 아니에요?" 민준이 말했다.

"미쳤어? 나 경찰에 잡혀가라고?"

"그래도, 보세요, 거품 물고 입 돌아갔잖아요. 이대로 놔두면 위험할 거 같은데……."

민준이 걱정스레 말하자 다정도 그제야 상황의 심각성을 감지했다. 다정은 발끝으로 남자를 툭 밀어보았다. 움직임이 없었다. 세게 차보아도 꿈쩍하지 않았다. 둘 다 낯빛이 어두워졌다.

"죽은 거 아니에요?"

"재수 없는 소리 좀 하지 마."

민준은 몸을 숙이고 남자에게 가까이 다가갔다. 눈꺼풀을 열어보니 흰자만 보였다. 코앞에 귀를 대보았다. 명치 언저리에도 귀를 대보았다. 민준은 한참을 그 자세로 있었다.

다정이 조급하게 물었다. "괜찮지?"

"아니요." 민준은 미간을 최대한 좁히며 다정에게 말했다. "안 뛰어요."

"비켜봐."

다정이 민준을 밀치고 남자 위에 올라타 숨과 심장박동을 확인했다. 그녀는 한참을 그러고 있다가, 자리에서 일어나 민준의 허벅지를 발로 세게 찼다.

"뛰잖아, 병신아!" 다정은 민준에게 주먹질 했다. "죽을래? 존나 쫄았잖아!"

"뛰어요? 자, 잠깐만……. 야 씨, 아프니까 그만 좀 때리세요!"

민준은 다정을 진정시키고 다시 한 번 남자의 가슴에 귀를 갖다 댔다. 그녀 말마따나 뛰고 있었다.

"아, 뛰는구나."

긴장해서 제대로 안 들렸던 모양이다. 민준은 얻어맞은 허벅지를 살살 문지르며 말했다.

"그래도 그냥은 못 가요. 이대로 놔두면 진짜 죽을 수도 있어요."

"숨 쉬고 있으니까 괜찮아."

"호흡이 약하잖아요. 심장 뛰는 거랑은 별개로."

"네가 뭘 아는데?"

"삼촌이 의사라서 이런 거 좀 알아요. 숨 제대로 못 쉬면 뇌사할 수도 있어요. 심장이 뛰어도 뇌가 죽으면 사람은 사실상 죽는 거예요."

"그럼 이제 어떡해?" 다정이 울먹였다.

"119 불러야죠, 뭐."

"그건 안 된다니까. 내가 했다는 거 들킨다고."

"어쩔 수 없잖아요. 이대로 놔뒀다가 죽으면 그게 더 큰 일이에요. 그땐 누나 살인범 되는 건데……."

"아직 살아 있다잖아!"

"그러니까 제 말은, 그렇게 될 수도 있다고요."

"안 돼. 119는 절대 안 돼. 그리고 내가 일부러 그랬냐? 성폭행하려고 하니까 막은 건데 정당방위 아니야?"

다정이 구원의 대답을 바랐지만, 민준은 시선을 피했다.

"글쎄요, 법 쪽은 잘 몰라서……. 이건 좀 과잉방위 같은데. 살살 했어야죠."

민준은 전기충격기를 손에 들어보았다. 핑크색 바탕에 토끼 캐릭터가 그려져 있어서 별로 흉기 같아 보이지 않았다.

"몰라, 나도 오늘 처음 써봤단 말이야. 내가 이렇게 될 줄 알았냐? 이게 왜 과잉인데? 그럼 멍청하게 가만히 있어야 돼?"

"아뇨, 절대 아니죠. 그건 잘 하셨어요. 이런 놈은 죽어도 싸요. 그래도 혹시 진짜로 이 남자가 죽으면, 그 때는 거의 확실히 과잉방위라는 거죠. 잘은 몰라도, 죽이면 어쨌든 살인이니까."

"너 왜 자꾸 아까부터 죽었다, 죽었다 하는데? 이 사람이 죽었으면 좋겠어?"

"아뇨, 그런 뜻이 절대 아니고 저는 다만 현실적인 가능성을 따져봤을 뿐이잖아요. 흥분 좀 하지 마세요."

민준은 또 맞을까 봐 뒤로 살짝 물러났다. 다정은 숨도 거칠었고, 여러모로 불안정해 보였다.

"알았어요, 119는 안 부를게요." 민준은 말했다. "대신 CPR해서 깨운 다음 나가요. 그건 괜찮죠?"

"CPR이 뭔데?"

"심폐소생술이요."

"심장 뛰는데 그걸 왜 해?"

"CPR은 심장 멈췄을 때만 하는 거 아니에요. 혈액 순환 잘 되라고 하는 거예요. 혈액 순환 안 되면 뇌에 산소 공급 안 되고 산소 부족하면 뇌가 죽으니까."

"……알았어."

다정은 순순히 고개를 끄덕였다. 민준은 침대에서 남자를 들어 올려 바닥에 눕혔다. 무릎을 벌려 자세를 잡고 남자의 머리를 살짝 뒤로 젖힌 다음, 두 손바닥을 겹쳐 남자의 명치 부분에 갖다 댔다.

"자, 그럼 제가 흉부를 압박할게요. 이게 은근히 힘든 일이니까. 제가 삼십 번 압박하고 누나가 인공호흡 하고, 삼십 번 압박하고 인공호흡 하고. 알았죠?"

"내가 인공호흡 하라고?"

"네. 별로 안 어려워요. 그냥 숨 들이쉬고 입 맞춘 다음에 훅 하고 불어넣으면 돼요. 텔레비전에서 많이 하잖아요. 그대로 따라하면 돼요."

"싫어, 네가 해. 나 자신 없어."

"나도 자신 없어요. 나도 처음이에요."

"아 씨, 존나 아는 척하길래 몇 번 해본 줄 알았잖아."

"이론만 아는 거죠, 일단."

"근데 인공호흡은 안 해도 되는 거 아니야? 어디서 그렇게 들은 거 같은데……."

"그래도 하는 게 무조건 좋아요. 안 그래도 지금 호흡 약하잖아요."

"네가 해. 난 이론도 몰라. 내가 하면 왠지 망할 거 같아. 시간 없어, 빨리!"

"아아, 씨……."

민준은 난감하다는 표정으로 한동안 남자의 입을 바라보았다.

"알았어요, 일단."

민준이 흉부압박을 시작했다. 늑골을 부러뜨릴 각오로 온 힘을 다해 눌렀다. 지켜보던 다정은 깜짝 놀랐다. 원래 이렇게 하는 건가? 텔레비전 같은 데서 보던 것과 전혀 달랐다. 저러다 뼈가 먼저 부러져서 죽는 게 아닐까 싶을 만큼 격렬했다. 민준은 입술을 안쪽으로 오므린 채 꽉 물고 있었다. 젖 먹던 힘까지 다 하고 있다는 인상이었다. 최선을 다하는 그의 모습을 보고 있자니, 다정은 방금까지 그를 깔보고 욕하고 때렸던 게 문득 미안해졌다.

민준은 일단 삼십 회까지 하고 나서 잠깐 쉬었다. 이제 막 시작했을 뿐인데 벌써 숨이 가빴다. 이제 인공호흡을 할 차례였지만 그는 주저했다. 낌새를 알아챈 다정이 물었다.

"왜 그래?"

"……인공호흡은 못 하겠어요."

"또 왜?"

"나 아직 첫 키스도 못 해봤다고요!"

다정은 황당해서 웃을 뻔했다. 그러나 민준의 표정은 진심이었다. 그녀는 살살 달래듯이 말했다.

"지금 그런 게 중요한 걸까?"

"나한테는 중요해요. 난 첫 키스는 꼭 결혼할 사람이랑 하기로 결심했어요, 일곱 살 때부터."

"야, 너 진짜……."

다정은 욕이 나올까 봐 차마 뒷말을 이을 수 없었다. 그러거나 말거나 민준은 진지한 얼굴로 말했다.

"이건 신념이에요. 나와의 약속. 십 년 넘게 지켜온 걸 이딴 식으로 깰 순 없어."

"이건 키스가 아니라 인공호흡이잖아. 완전히 다른 거니까 괜찮아."

"입술이랑 입술이 닿았다는 점에서는 똑같잖아요. 첫

키스를 남자한테……. 그것도 이런 추악한 강간범한테 어떻게 내줘. 죽어도 싫……."

그때 다정이 민준의 멱살을 잡고 끌어당겨 입을 맞추었다. 민준은 얼어붙어 꼼짝도 하지 못했고, 다정은 한참 동안 입을 맞춘 후에야 그를 놓아주었다.

"됐지?" 다정이 손등으로 입을 닦으며 말했다. "이렇게 혀까지 들어가야 키스라고 하는 거야. 자, 빨리 인공호흡이나 해."

"………."

"뭐 해? 빨리!"

민준은 반쯤 혼이 빠져나간 상태에서 남자의 입을 닦아내고, 입 안에 이물질이 있나 확인한 다음 인공호흡을 실시했다. 숨이 입으로 나가는지 코로 나가는지도 모를 지경이었다. 그는 다시 남자의 흉부를 압박하며 다정을 흘끔 보았다. 그녀는 아무렇지도 않아 보였다. 그저 심각한 얼굴로 남자의 상태를 지켜보고만 있을 뿐이었다. 민준은 속이 불편해졌다. 그녀는 아마 키스 같은 건 많이 해봤을 것이다. 그래서 남이 첫 키스건 말건 아무런 느낌도 없는 건가.

아무리 심폐소생술을 해도 남자는 깨어나지 않았다. 마침내 뼈 하나가 부러지는 소리가 났을 때, 민준은 흉부압박을 멈췄다. 너무 힘들어서 말할 기운도 없었다. 다정은 손바닥으로 눈을 가렸다. 눈물이 볼을 타고 흘렀다.

"너 때문이잖아! 너만 안 왔어도······." 다정이 흐느꼈다. "너 뭔데? 내가 너한테 뭐 잘못한 거 있어?"

민준은 고개를 내리깔고 말없이 그저 숨만 골랐다. 해줄 말이 없었다.

솔직히 그는 일이 이렇게 됐을지언정, 자기가 잘못했다는 생각은 하지 않았다. 잘못한 것은 처음부터 임다정이었다. 도중에 일이 틀어지는 바람에 이렇게 되긴 했지만, 원조교제를 막으려는 시도는 개인적으로도 사회적으로 분명 옳은 일이다. 그럼에도 민준은 스스로를 다독여줄 마음이 들지 않았다. 다정을 울렸다는 생각에 속상했다.

"울지 마세요."

"닥쳐······."

"아직 안 끝났어요."

"뭐가 안 끝나? 사람을 죽였는데······. 이제 교도소에서 살아야 된다고."

"일단은 교도소가 아니라 소년원이겠지만······."

다정은 더욱 서럽게 울었다.

"아직 죽진 않았잖아요. 그리고 방법이 없는 것도 아니에요."

159

민준은 숨을 다 고르고 나서, 냉정한 얼굴로 자신이 구상한 타개책을 말했다.

"야산에다 묻으면 돼요."

다정이 눈물을 뚝 그쳤다. 소매로 눈물을 닦고 나서 민준을 바라보았다.

"무슨 야산?"

"우리 학교 뒤쪽 동산. 이 시간에 가면 아무도 없어요. 거기다 묻으면 돼요."

"야, 그래도 그건…… 말도 안 돼."

"왜요? 충분히 현실성 있어요. 지금은 지푸라기라도 잡아야죠. 아니면 더 괜찮은 방법 있어요?"

"……"

"거 봐요, 없잖아. 지금은 이 방법밖에 없어요. 괜찮아요. 우리 잘못 하나도 없어요. 강간당할 뻔한 거 잊었어요? 이런 놈은 생매장당해도 싸요."

"그래도…… 모르겠어."

"누나, 설마 이 사람 동정하는 건 아니죠?"

"미쳤냐?"

"그럼 상관없잖아요."

"그래도 그게 말처럼 쉬운 게 아니잖아."

"시도는 해봐야죠. 아니면 그냥 119 불러요?"

"……."

"저 마음 흔들리기 전에 결정하세요. 난 누나 끝까지 도와주고 싶어요. 누나 말대로 이렇게 된 건 내 책임도 있으니까."

다정은 얼굴을 닦으며 잠시 생각에 잠겼다. 그녀는 코를 크게 한 번 훌쩍이고 나서 말했다.

"알았어. 하자."

둘은 나갈 채비를 했다. 그들은 남자가 벗어 놓은 옷이나 액세서리 등을 빠짐없이 가방에 담았다. 민준은 혹시 더 빠뜨린 것이 없나 살피다가, 치킨과 콜라가 든 봉투를 집어 들었다. 그는 고민 끝에 그것들도 가방에 담았다. 다정이 기가 차서 물었다.

"그걸 왜 챙겨? 가면서 먹게?"

"증거인멸. 혹시 모르니까."

민준이 남자를 등에 업었고, 다정은 가방 두 개를 메고서 함께 모텔 방을 나왔다.

그들은 엘리베이터 대신 계단으로 조용히 내려갔다. 1층으로 내려간 그들은 코너에서 잠깐 멈춰 섰다. 로비에 손님은 없었고, 카운터를 지키는 아르바이트생은 여전히 게임만 하고 있었다. 민준이 말했다.

"일단 누나가 키 반납하세요. 그동안 제가 몸을 최대한 낮춰서, 알바생 눈 피해서, 몰래 나갈게요."

"응, 그건 좋은데…… . CCTV는?"

둘은 천장에 달린 검고 동그란 CCTV를 올려다보았다.

"저건 어쩔 수 없어요."

"어쩔 수 없으면 어쩌자고? 그냥 찍히자고?"

"네, 나가는 길이 여기밖에 없잖아요. 뒷문 없어요."

다정이 부정적인 태도를 보이자 민준이 설득했다.

"괜찮아요. 신문에서 봤는데 CCTV 끽해야 한 달 지나면 다 리셋 된대요."

"한 달 안에 확인하면 어떡해?"

"그러지 않길 빌어야죠."

"그리고 리셋 돼도 다시 복구하면 어떡해?"

"누나." 민준은 남자를 고쳐 업고 말을 이었다. "어차피 모텔 말고도 요즘에는 사방에 CCTV 널렸어요. 가는 길에 적어도 서너 번은 찍힐 걸요?"

"씨…… ." 다정은 욕을 삼켰다. "그럼 어떡해?"

"모험해야죠."

"난 모험 안 해."

"그럼 그냥 119 부를까요?"

"아니…… ." 다정은 각오를 새롭게 다지는 기분으로 훅,

하고 숨을 뱉었다. "모험하자."

그들은 동시에 고개를 끄덕이고 나서 움직였다. 다정이 키를 반납하는 동안 민준은 최대한 몸을 낮춰 몰래 빠져나갔다. 그리고 다정도 뒤따라 모텔 밖으로 나갔다.

그들은 밤길을 걸었다. 민준이 앞섰고, 다정이 몇 걸음 뒤에서 따라왔다. 행인들을 여럿 지나치기는 했지만 늦은 밤이라 그리 이목을 끌지는 않았다.

"야." 다정이 말했다. "남들 눈에는 우리가 어떻게 보일까?"

"음……. 술 취한 아빠 업고 집에 가는 남매?"

"한심한 아빠네."

"그러게요."

이후 둘은 동산에 도착할 때까지 더 이상 대화를 나누지 않았다.

그들은 시가지를 벗어나 후문으로 이어지는 루트를 탔다. 강변길은 한적했고, 발밑은 물렁거렸다. 최근에 새롭게 닦인 길이 가로등 빛을 받아 형형색색으로 반짝였다. 밤잠 없는 오리들이 강물에서 꽥꽥대며 물장구를 쳤다. 심란했다. 사람 하나를 생매장하러 가는데, 풍경은 무심할 정도로 아름다웠고 불안하리만치 고요했다. 그들은 사실이 모든 것이 함정이 아닐까 하는 근거 없는 피해의식에 사로잡혔다. 진정한 절망은 보이지 않는 곳에 숨어 있어서 우리가 도착하기만을 기다리고 있는 게 아닐까 하는.

오래 걸었다. 학교의 후문을 지나 뒷동산에 도착했을 때 민준은 거의 탈진할 지경이었다. 사람 하나를 업고 쉬지 않고 걷는다는 것은 보통 일이 아니었다. 그는 동산의 언저리에 멈춰 남자를 내려놓았다. 팔이 후들거렸다. 쉬고 싶었다.

"이제부터는 내가 업을까?" 다정이 예의상 물었다.

"괜찮아요. 이제 올라가기만 하면 되니까."

"위에 사람 없겠지?"

"없어야죠."

그들은 체육관 옆에 딸린 수돗가에서 물을 마셨고, 먼지가 앉은 벤치에 앉아 짧게 휴식을 취했다. 평소에는 더러워서 아무도 거들떠보지 않는 벤치였다. 그들은 약간 모자란 만월을 멍하니 감상하다가, 벤치에서 일어나 남자를 업고 동산을 올랐다.

산책로는 검은색 고무로 그물을 놓듯 조악하게 포장되어 있었다. 가로등은 일정한 간격을 두고 드문드문 설치되어 있었는데, 이 시간에도 불이 들어와 있었다. 그들은 불빛이 비추는 곳을 피해 포장되지 않은 흙길을 걸었다. 어젯밤에 비가 내린 터라 흙이 질어 발이 푹푹 빠졌고, 사람 팔뚝만 한 나무뿌리와 큼직한 돌에 자꾸 걸려 걷기 힘들었다. 나중에는 다정이 업힌 남자의 등을 두 손으로 받쳐줘야만 했다.

둘은 동산의 중턱에서 걸음을 멈췄다. 산책로와 멀었고 불빛이 전혀 닿지 않았으며 비포장 구역치고는 나름 평평해서 삽질하기도 좋아 보였다. 사람 하나 파묻기에는 더할 나위 없었다. 근처에 나붙은 〈진입금지〉라는 팻말도 그들을 안심시키는 데 한몫했다.

"내려가서 삽 가지고 올게요."

"혼자서?"

"네. 누난 여기서 기다리세요."

"혼자서?"

"굳이 둘 다 내려갈 필요 없잖아요."

"여기 좀 무서운데……. 금방 올 거지?"

"얼른 갔다 올게요."

민준은 혼자 삽을 가지러 내려갔다. 체육관 옆에 허름한 미술실이 이웃해 있었다. 미술실을 돌아 나서자 외따로 떨어진 화장실이 보였다. 그 화장실의 외벽에 설치된 비품 저장 공간에 녹슨 삽이 두세 개 걸려 있었다. 미술실에 갈 때마다 보곤 했기 때문에 금방 찾을 수 있었다. 처음에는 하나만 들고 올라가려다가, 혹시 몰라서 두 개를 다 들고 갔다.

다정은 민준을 보자마자 반가움을 감추지 않고 그의 옷깃을 잡았다.

"야, 여기 우리 말고도 누구 있어."

그녀는 겁에 잔뜩 질려 있었다. 민준은 올라오느라 힘들어서 대충 대답했다.

"에이, 설마요."

"인기척 났단 말이야! 아까 저기서 부스럭부스럭 했다니까?"

민준은 부스럭거렸다는 곳을 바라보았다. 어두워서 아무것도 안 보였다. 갑자기 다정이 민준의 팔을 껴안았다.

"드, 들었어?"

"뭘요?"

"아까 부스럭 소리 났잖아!"

"어디서요? 난 못 들었는데."

"저기!"

다정이 손으로 이번엔 다른 곳을 가리켰다. 여전히 아

무엇도 안 보였다.

"그냥 바람 소리 아니에요?"

"아니야. 오늘 바람 한 점 없는 날이잖아."

"그럼 누나가 예민해져서 그런 거겠죠."

"아니라니까! 사람 있어. 누가 있다고."

"다람쥐겠죠. 예전에 여기서 봉사활동으로 쓰레기 주울 때 몇 번 본 적 있어요. 여기 야생동물들 많아요."

"그런 조그만 거랑은 느낌이 달랐다니까?"

"그럼 노루 같은 애들인가 보죠."

"존나 낙관적이구나, 너……."

여유를 되찾은 다정은 곧 팔짱을 풀었다. 민준이 다정에게 삽을 하나 건네주었다.

"나도 파라고?"

"둘이 해야 빨리 끝나죠."

다정은 곧 납득했다는 의미로 콧바람을 뀌고 나서 삽을 받아 들었다. 그들은 땅을 파기 시작했다.

뿌리가 많아서 흙을 드러내기가 쉽지 않았다. 삽자루가 자꾸 돌에 부딪혀 쇳소리를 냈다. 힘들었지만 파면 팔수록 점점 자세가 익었고 요령도 생겼다. 흙을 푹푹 퍼내는 느낌도 그리 나쁘지 않았다.

한참을 말없이 파고만 있는데, 문득 다정이 제안했다.

167

"음악 틀자."

"트세요."

다정은 자신의 스마트폰 액정을 확인하고 나서 말했다.

"나 배터리 별로 없는데 네 걸로 틀자."

"저 음악 안 들어요."

"폰 줘봐. 멜론 깔면 되지."

"데이터 없어요. 안 쓰려고 일부러 막아놨어요."

"왜?"

"공부만 하려고요."

"독하네."

"그런 말 많이 들어요."

결국 다정은 자신의 것으로 음악을 틀었다. 그녀가 이따금 멜로디를 따라 흥얼거렸고, 민준은 그것을 말없이 듣다가 말했다.

"누나, 아깐 미안했어요."

"뭐가?"

"침대 밑에 숨어만 있어서."

"됐어. 뭘 이제 와서 그러냐?"

"사실 누나 소리 지르는 거 들었어요. 근데 끼어들면 안될 거 같았거든요. 누난 엄마 병원비 때문에 어쩔 수 없이 그러는 건데, 내가 괜히 다 망쳐버리면 어쩌나 해서……."

"네가 치킨 들고 쳐들어왔을 때부터 이미 다 망쳤거든?" 민준이 아무 말 못하자 다정은 이어서 말했다. "신경 쓰지 마. 그거 다 구라야."

민준이 삽질을 뚝 그쳤다.

"네?"

"다 거짓말이라고. 그걸 진짜로 믿었어?"

"……."

"우리 엄마 하나도 안 아파. 아빠도 있고. 둘 다 멀쩡히 잘 살고 있어. 그러니까 미안해하지 마. 내가 그냥 막나가는 애니까."

민준은 쉴 겸 해서 한동안 굳어 있다가, 다시 삽질을 시작하며 겨우 한 마디 했다.

"막 나가고 있다는 자각은 있나 보네요."

"돈이 좋으니까." 다정은 웃었다. "한 번 사는 인생이잖아. 난 즐기면서 살고 싶어."

"돈이 많으면 즐기면서 살 수 있어요?"

"당연하지."

"……."

작업은 오래 걸렸다. 둘은 땅이 잘 안 파진다며 불평을 나누기도 하고, 이따금 학교와 관련된 주제로 대화를 나누기도 했으나 무엇 하나 오래가지는 않았다. 위태로운 일들을 함께 겪으며 유대감이 생겼다고는 해도 둘은 기껏해야 오늘 처음 알게 된 사이였다. 게다가 상황이 상황인 만큼 느긋하게 잡담이나 나눌 만한 분위기도 아니었다. 조금이라도 평소와 같은 기분이 들라치면 시체처럼 뻗어 있는 남자의 존재가 무시무시한 현실감을 내뿜으며 훼방을 놓았다. 어차피 나중에는 몸이 힘들어 대화할 힘조차 없었다. 둘 다 지칠 대로 지쳐 아무 말 없이 땅만 팠다. 고작 사람 하나 들어갈 만큼의 구덩이를 파는데 이렇게 오래 걸릴 줄은 몰랐다.

마침내 허리가 들어가는 깊이까지 구덩이를 팠을 때, 돌연 음악이 꺼졌다. 스마트폰의 배터리가 다 된 것이다. 그것을 신호로 다정이 말했다.

"이 정도면 된 거 같은데……."

민준이 먼저 구덩이 밖으로 나간 다음 다정의 손을 잡아 그녀가 올라오게 도와주었다. 둘은 자신들이 힘들여 판 구덩이를 내려다보았다. 그리 깊지는 않았지만 사람 하나 파묻기에는 충분해 보였다.

둘은 손에서 삽을 놓았다. 온몸이 푹 젖었다. 흙 묻은 손으로 땀을 닦느라 옷이며 얼굴이며 죄다 흙투성이였다. 팔이고 다리고 뻐근하지 않은 곳이 없었고 손바닥에는 물집이 잡혔다. 둘 다 누우면 당장 잠들 수 있을 정도로 피곤했지만, 이제 가장 중요한 일을 남겨놓고 있었기 때문에 정신만은 여전히 말짱했다.

둘은 말없이 시선을 주고받은 다음 쓰러진 남자에게로 다가갔다. 민준이 먼저 남자의 어깨 사이로 팔을 넣어 들어 올렸고, 뒤이어 다정이 남자의 두 다리를 잡아 들었다.

"아까부터 말하려다가 계속 참았는데……." 다정이 말했다. "이건 진짜 미친 짓 같아."

"미친 짓 맞아요."

둘은 남자를 들고 구덩이 앞으로 천천히 이동했다. 무거워서 절로 신음 소리가 나왔다. 이인삼각 하듯 한 걸음씩 힘겹게 옮기던 중, 민준이 그만 돌을 잘못 디뎌 발을 삐끗했다. 땅에 얕게 묻혀 있던 바위가 민준의 무게에 밀려 굴러 떨어지자 순식간에 경사가 생겼다. 민준이 다리에 힘이 풀려 흙바닥에 엉덩방아를 찧었고, 다정도 중심이 무너져 균형을 잃고 쓰러지며 남자를 놓쳤다. 이윽고 남자의 몸뚱이가 경사를 타고 굴러가기 시작했다.

"어어! 잡아, 잡아!"

민준이 소리치며 포복하듯이 쫓아갔지만 남자의 몸에 점점 가속도가 붙었다.

"뭐해? 빨리 잡아!"

다정도 소리치며 뒤따라 내려갔으나 남자가 구르는 속도가 워낙 빨라 도저히 따라잡을 수가 없었다. 정 따라잡고 싶으면 같이 데굴데굴 구르든가 해야 할 판이었다. 그들은 그렇게까지 할 의욕은 없었고, 다만 남자가 동산 밑까지 굴러 내려가는 모습을 허망하게 내려다보았다.

이번에야말로 그가 확실하게 죽었을 거라고 둘은 확신했다. 다정이 주저앉아 두 손으로 얼굴을 가렸다. 눈물은 나오지 않았다. 아직 끝나지 않았다. 다시 끌고 올라와서 파묻으면 그만이다. 죽었든 살았든 어차피 묻어서 감추려고 했으니 사실상 달라질 것은 없었다.

다정은 애써 기운을 차리고 자리에서 일어났다. 내려가서 주워 오자고 말하려는데, 민준의 모습이 어딘가 이상했다. 그는 경악에 찬 얼굴로 어딘가를 쳐다보고 있었다. 다정도 그가 보고 있는 곳을 좇아서 응시했다. 뭐가 있다는 것은 알 수 있었지만 어두워서 잘 안 보였다. 민준이 그곳을 향해 스마트폰 플래시를 비추었다.

사람의 허리까지 오는 커다란 멧돼지가 앞발을 갈며 이쪽을 쳐다보고 있었다.

둘은 도망쳤다. 뒤를 돌아보자 멧돼지가 돌진해 오는 모습이 보였다. 저절로 쌍욕이 나오며 없던 힘이 불끈불끈 솟았다. 둘은 험한 비포장 산길을 초식동물처럼 뛰어다녔지만 멧돼지가 더 빨랐다. 거리는 순식간에 좁혀졌고, 민준보다 뒤에 있던 다정이 위험에 처했다. 넘어지면 코 닿을 거리까지 따라붙자 다정은 심장이 멎을 듯한 공포를 느꼈다. 다 끝이라고 체념하는 순간, 돌연 몸이 옆으로 돌아가며 안락한 충격이 다정을 감쌌다. 받히기 직전에 민준이 그녀를 감싸 보호해준 것이었다. 멧돼지는 민준을 들이받고 나서도 브레이크가 고장 난 폭주 기관차처럼 달리던 방향으로 혼자 질주했다.

"아아아……." 민준이 다리를 부여잡고 신음을 내뱉었다.

"야, 괜찮아?"

"부러진 거 같아요."

"일어날 수 있겠어?" 다정이 울먹였다.

"아니요." 민준이 비장하게 말했다. "전 괜찮으니까 도망가세요."

"지랄하지 말고 빨리 일어나라고!"

"다리 부러졌다고요!"

"씨발!" 다정이 등을 돌리며 말했다. "업혀."

"전 괜찮아요. 놓고 가세요."

"멋진 척 그만하고 빨리 업히라니까!"

"내가 언제 멋진 척했다고……."

그때 멀리서 멧돼지가 또다시 이쪽으로 달려오는 소리

가 들렸다.

"또 오잖아!" 다정이 화내며 소리쳤다. "잔말 말고 업히라고, 병신아!"

민준은 곧장 업혔다. 극도로 흥분한 덕에 하나도 무겁지 않았다. 다정은 그를 걸치다시피 들쳐 메고 멧돼지의 반대방향으로 달리고 또 달렸으나 추돌은 시간 문제였다. 그때 다정의 눈에 아까 파놓은 구덩이가 보였다. 그녀는 민준을 그 안에다 던지고 자기도 그 안으로 뛰어들었다. 그리고 내동댕이쳐진 민준을 돌려 눕힌 다음 그의 머리를 꽉 껴안았다. 민준을 보호해주고 싶어서가 아니라 멧돼지가 무서워서였다.

멧돼지는 구덩이 앞까지 와서 멈췄다. 녀석은 콧김을 씩씩 내뿜으며 둘을 위협했다. 그러나 주위만 맴돌 뿐 구덩이 안으로 들어오지는 않았다. 죽이기 전에 갖고 놀려는 심보처럼 보였다. 다정은 온몸을 미친 듯이 떨며 민준을 더욱 꽉 껴안았고, 민준도 다정의 허리를 부여잡고 얼굴을 파묻었다. 그들은 그 자세로 멧돼지의 콧김과 자신들의 숨소리를 들으며 극한의 공포를 견뎠다. 멧돼지는 끝내 구덩이에 들어오지 않았고, 오늘은 이 정도로 봐주겠다는 듯 느긋한 걸음걸이로 자리를 떴다.

멧돼지가 가고 나서도 둘은 한동안 서로를 껴안은 채

꼼짝도 하지 않았다. 너무 오랫동안 그러고 있어서 서로가 서로를 안고 있다는 감각마저 없어질 때쯤, 둘은 서로를 놓아주었다. 모공이 터질 듯이 더웠는데도 몸이 덜덜 떨렸다. 둘은 신음에 가까운 서로의 숨소리를 들으며 열과 추위를 식혔다.

점점 잦아드는 숨소리와 보조를 맞추듯, 주위가 서서히 밝아졌다. 지평선에서 넘어온 코발트빛이 하늘의 먹빛을 희석했다. 곧 플래시가 필요 없을 만큼 환해졌다. 민준과 다정은 서로의 처참한 몰골을 바라보았다. 한바탕 공포에 푹 담겼다 꺼내진 그들의 인상은 모텔에 있을 때와는 많이 달랐다.

민준이 봤을 때 다정은 생각했던 것보다 예쁘지 않았다. 모텔에 있을 때는 연예인 같은 후광을 느꼈었는데, 지금 보니 그 정도는 아니었다. 땀 때문에 화장이 번진 데다 흙이 묻어 그래 보일 수도 있겠지만, 다정은 그냥 평범했다.

다정은 민준을 보고 뜻밖의 느낌을 받았다. 모텔에 있을 때까지만 해도 별 생각이 없었는데, 그는 나름 훈훈하게 생긴 남자애였다. 목덜미에 묻은 흙도 왠지 섹시해 보였고, 멧돼지에 치일 때 안경이 벗겨졌는데 맨얼굴이 은근히 봐줄 만했다. 다정은 자기를 쳐다보는 민준과 시선

175

이 닿자 고개를 돌렸다.

민준이 호주머니에서 스마트폰을 꺼냈다.

"뭐하려고?" 다정이 물었다.

"119 부르려고요."

다정은 말리지 않았다. 스마트폰은 액정에 금이 간 채로 꺼져 있었다. 민준이 액정을 두드려도 보고 전원 버튼을 길게 눌러보기도 했지만 반응이 없었다. 민준은 결국 스마트폰을 버리고 낑낑거리며 몸을 일으켰다.

"뭐하려고?" 다정이 물었다.

"나가야죠."

"좀만 더 있다 나가자."

"왜요?"

"아직 멧돼지 계속 돌아다니고 있을지도 모르잖아. 우리 나오는 거 기다리고 있을 수도 있어."

"설마……."

"혹시 모르니까 그냥 앉아 있어. 어차피 너 지금 똑바로 걷지도 못하잖아. 내가 너 또 업어야겠냐?"

"두 다리 다 다친 것도 아닌데……. 그냥 부축만 해주면 돼요."

"아, 싫어. 가고 싶으면 혼자 기어서 가든지, 지팡이를 짚고 가든지. 멧돼지한테 또 치여도 난 모른다."

"갔다니까요."

민준은 구덩이에서 고개만 내밀어 주위를 둘러보았다. 멧돼지는 없었지만 민준은 단념하고 다시 주저앉았다. 다정을 홀로 내버려두고 가기는 싫었다.

다정은 문득 메고 온 가방이 눈에 밟혀서, 별 뜻 없이 그것을 열어보았다. 가방 안에서 치킨 냄새가 풍겼다.

"야." 다정이 말했다. "이거 먹을까?"

"네."

둘은 치킨과 콜라를 꺼내 포장을 뜯었다. 무는 가방 안에서 터져서 먹을 수 없었다. 배달부가 젓가락을 빠뜨려 하는 수 없이 흙 묻은 손으로 치킨을 집어 먹었다.

"맛있네요." 민준이 말했다.

"응. 간장 맛. 흙 묻어서 좀 그렇긴 해도……."

"흙 맛."

둘은 피식 웃었다.

"꿈꾸는 거 같아." 다정은 치킨을 우물거리며 말했다. "다 꿈속에서 벌어진 일 같아. 진짜 나는 다른 차원에 있고, 여기 있는 나를 관찰하고 있는 거지. 그런 거 같지 않아? 지금 나 여기 있는 거 맞지?"

민준이 아무 말 않자 다정이 그에게 팔을 내밀었다.

"꼬집어봐. 꿈인지 아닌지 확인해보게."

"그러다 안 깨면 어쩌려고요?"

"……."

다정은 팔을 거두었다.

그들은 치킨과 콜라를 다 먹고 나서, 구덩이 안의 경사진 부분에 기대어 비스듬히 누웠다. 솔솔 졸음이 찾아왔다.

"근데 너 이름이 뭐라고?" 다정이 물었다.

"김민준이요."

"김민준……. 난 임다정."

"알아요, 임다정 누나. 누나라고 불러도 되죠?"

"응."

아침이 찾아왔다. 도시의 소음이 스멀스멀 피어올랐다. 민준과 다정은 잠들었다. 나중에 산책 나온 한 아주머니에 의해서 발견될 때까지, 그들은 꿈도 없이 깊은 잠을 잤다. 발견될 당시 둘의 모습은 마치 한 쌍의 로맨틱한 시체 같았다고 한다.

chapter 5

◇

각서

이연아는 좌변기에 앉아 휴지를 부여잡았다. 가출하고 돌아온 날부터 속이 좋지 않았다. 무엇을 먹어도 자꾸 설사가 나왔다.

문밖에서 노크 소리가 들렸다.

"연아 있어요." 연아가 대답했다.

"언제 끝나냐? 아빠 급한데……."

"안방 화장실 써."

"비데 고장 났어. 아빠 비데 없으면 못 눠."

"그럼 2층 화장실 써."

"거긴 비데 없잖아."

"……좀만 기다려."

짜증이 솟구쳤다. 훼방을 받은 탓에 괄약근이 비협조적이었다. 그때 엄마가 "그냥 2층 가서 싸!"하고 꾸짖는 소리가 들렸다. 그리고 바통을 이어받듯 엄마가 화장실 문을 노크했다.

"오늘 학교 몇 시에 끝나?"

"몰라."

"오자마자 바로 짐 싸. 내일 방학식 끝나자마자 철원 가니까."

연아는 설사를 푸드득 싸는 것으로 대답을 대신했다.

학교에 가서도 사정은 마찬가지였다. 집에서 그렇게나 쏟아내고 왔는데도 아랫배는 여전히 아팠다. 점심을 먹자마자 속이 끓어 휴지를 챙겨 급하게 화장실로 갔다.

화장실 안에는 다른 반 여학생들이 네다섯쯤 모여 이야기를 나누고 있었다. 연아는 좌변기 맨 끝 칸으로 들어가려다 생각을 바꿨다. 왠지 금방 나갈 것 같지 않은 분위기였다. 이런 어수선한 환경에서는 볼일을 보고 싶지 않았다. 그래서 세면대에서 손만 씻은 다음 밖으로 나갔다.

다른 화장실을 찾아야 했다. 다른 학년의 화장실을 쓸까 했지만, 다른 학년 층은 복도만 지나가도 눈치가 보이는데 화장실을 사용하기란 무리였다. 교직원 전용 화장실을 쓸까도 생각해보았지만 걸리면 혼난다. 되도록 아무도 없는 곳에서 은밀하고 편안하게 해결하고 싶었다.

연아는 고민 끝에 아예 교사(校舍) 밖으로 나갔다. 교정 뒤편에 독립되어 있는 특수목적 교실의 화장실을 쓰기로 결정했다. 거기라면 이 시간에 드나들 사람이 없을 것이었다. 교정은 점심시간답게 여유로웠다. 화단의 꽃을 훑어보며 산책을 즐기는 커플이 보였고, 아이스크림을 먹으며 매점에서 돌아오는 학생들, 공터에서 공놀이를 하는 남학생 무리도 눈에 띄었다. 햇살 가득한 그들의 얼굴에서 한낮의 여유가 느껴지자 연아는 괜히 기분이 상했다. 아무리 걸어도 화장실은 신기루처럼 멀었다. 뛰고 싶었지만 그랬다가는 설사가 케첩처럼 터져 나올 것 같았다.

화장실에 도착하자마자 문을 나쁜 놈 대하듯 두 손으로 밀치고 안으로 들어갔다. 제일 안쪽 칸의 문을 팔꿈치로 가격해서 열고 안으로 들어가 치마를 허리춤까지 올리고 앉자마자 폭격하듯 배설했다. 문은 그다음에 걸어 잠갔다.

고비를 넘기고 나서 그녀는 생각했다. 왜 자꾸 설사가 나오는 걸까? 그녀는 유치원 시절 길거리에서 파는 오다리를 잘못 먹고 병원에 실려 갔을 때 빼고는 한 번도 설사를 해본 적이 없었다. 기본적으로 잔병치레 없는 건강한 몸이기도 했지만, 무엇보다도 엄마가 그녀의 식단을 철두

철미하게 관리해준 덕이었다. 하지만 가출 소동 이후로 엄마가 내주는 음식이 부실해졌다. 오늘 아침만 해도 버터도 아니고 마가린을 바른 토스트 두 장에 저지방 우유가 다였다. 잼이나 시럽 같은 것도 없었다. 게다가 마가린 같은 건 평소에는 거들떠도 안 보는 식품이었다. 분명히 연아를 푸대접하려고 일부러 사다 놓은 것이 분명했다.

아무리 생각해도 모든 게 다 엄마 탓으로만 여겨졌다. 안 그러다 갑자기 설사가 나온다는 것은 위장이 급격하게 스트레스를 받았다는 뜻이고, 최근에 스트레스를 준 요인은 엄마밖에 없으니까. 스트레스의 요인 같은 걸 생각하고 있으려니, 그것이 꼬리를 물어 문득 오늘 집에 가자마자 짐을 싸야 한다는 사실이 새삼 떠올랐다. 내일부터 산간벽지에 파묻혀 한 달 동안 공부만 해야 한다. 설사가 급해서 잠시 잊고 있었는데, 다시 우울해졌다.

뒤처리를 마치고 일어났다. 뒤돌아 물을 내리는데, 문득 눈에 띄는 것이 있었다. 변기의 물탱크 뒤편에 타일이 깨져 있었는데, 거기에 쥐구멍 같은 공간이 나 있었다. 그 안에 무엇인가가 숨겨져 있는 것 같아서 가까이 가 확인해보았다.

담뱃갑이 들어 있었다.

호기심이 일었다. 연아는 사방이 막혀 있는데도 굳이

좌우를 살핀 다음 쥐구멍 안에 든 담뱃갑을 조심스럽게 꺼냈다. 겨자색 바탕에 벌레 먹은 빨간색 사과가 큼직하게 그려진 담배였다. 가벼워서 빈 갑인 줄 알았는데 흔들어보니 안에서 달카닥거리는 소리가 났다. 열어보자 라이터와 담배 한 개비가 들어 있었다.

"……"

설사 때문에 긴장해서 알아채지 못했는데, 화장실 안에 담배 냄새가 은은하게 배어 있었다. 흡연하는 학생들이 몰래 애용하는 곳인 듯했다.

연아는 우선 칸막이의 문을 열고 좌우를 살폈다. 아무도 없었다. 창밖을 확인해보니 누가 올 것 같은 낌새도 없었다. 연아는 다시 칸막이로 들어가 문을 닫고 변기 뚜껑 위에 앉았다. 담배를 꺼내 입술 사이에 끼우자 머리카락이 쭈뼛거렸다. 금기를 경험할 생각에 두근거렸다.

만약 담배를 피운다면 엄마가 뭐라고 할까. 아무렇지 않은 척할 테지만 속으로는 엄청나게 충격을 받을 것이다. 엄마 때문에 스트레스를 받아 담배를 시작했다고 하면 마음이 약해져서 기숙학원에 보내지 않을 수도 있다. 괜찮은 작전이라는 생각이 들었다. 물론 진짜로 그럴 생각은 없었지만, 담배라는 것에 대한 순수한 호기심 때문에라도 피워 보고는 싶었다.

연아는 라이터를 켜보았다. 불씨만 튈 뿐 불이 잘 안 나왔다. 공교롭게도 이제껏 라이터를 한 번도 사용해본 적이 없었다. 사용할 만한 상황도 없었고, 라이터라고 하면 으레 담배가 연상되기 때문에 의식적으로 멀리했었다. 세 번 정도 시도한 끝에 불을 켜는 데 성공했다. 그것을 담배의 끝 부분에 갖다 댔다. 그러나 아무리 기다려도 불은 붙지 않고 그을음만 생겼다. 결국 앞부분을 불사르다시피 꺼멓게 태운 후에야 담뱃불을 붙일 수 있었다. 날카로운 연기가 짙게 피어올랐다. 연아는 심호흡을 한 번 했다. 담배를 피우지 않은 깨끗한 폐와 영원히 작별을 고하고 나서, 필터를 쭈욱 빨았다.

가슴 속이 이물감으로 꽉 차자 기침이 터져 나왔다. 숨쉬기가 힘들어 눈물이 나왔다. 그야말로 최악이었다. 도대체 이딴 게 뭐가 좋다고 그렇게들 피워대는 건지 절대적으로 이해할 수 없었다. 그러나 담배는 전세계적으로 십억 명이 넘는 인구가 즐기는 기호식품. 그런 데에는 다 이유가 있지 않을까? 단념하지 않고 한 모금 더 빨아보았다. 이번에도 기침이 나왔지만 처음보다는 덜 했다. 세 번째 빨았을 때는 기침이 나오지 않았다. 하지만 기분이 좋지도 않았다. 어지러워 쓰러질 것 같았다. 가슴 한 부분이 더럽혀진 듯한 상실감 때문에 더없이 불쾌했다.

연아는 담배를 변기 안으로 던져 넣었다. 치익 소리와 함께 담뱃불이 꺼졌고, 물을 내려 영영 흘려보냈다. 앞으로 담배 따위는 두 번 다시 입에 대지 않을 거라 장담할 수 있었다. 라이터와 함께 담뱃갑을 도로 쥐구멍 안에다 숨겨놓았다. 머리카락이나 교복에 냄새가 배지는 않았는지 맡아보고 있는데, 밖에서 무슨 소리가 들렸다.

　화장실의 현관이 열렸고, 묵직한 구둣발 소리가 천천히 다가왔다.

　"나와."

　칸막이 너머로 남자의 목소리가 들렸다. 듣자마자 누군지 단박에 알 수 있었다. 포악하기로 악명이 자자한 물리 선생이었다. 190센티미터의 키에 덩치도 크고 인상도 사나워서 얼핏 보면 조폭 같아 보이는 사람이었다.

　"나오라고, 이 새끼들아."

　목소리가 저기압이었다. 연아는 예전에 상급생 몇 명이 담배를 피우다 물리 선생한테 걸려 각목으로 얻어맞는 광경을 구경한 적이 있었다. 그는 학생체벌금지법 따위는 개의치 않았다. 남학생이건 여학생이건 차별하지 않고 공평하게 울 때까지 때렸다. 일부러 우는 연기를 하는 학생은 콧물이 나올 때까지 때렸다. 연아는 순간 자기가 전교 1등이니만큼 유야무야 넘어갈 수 있지 않을까 하고 희망

을 가져볼까 하다가 곧바로 접었다. 1등이라서 더 맞을지
도 모른다.

"안 나와?"

물리 선생이 칸막이 문을 쾅쾅 두드리자 머릿속이 텅
비었다.

"셋 셀 때까지 나와라. 안 그러면 발로 차서 문 부수고
끄집어낸다. 하나. 둘……"

연아는 칸막이 문의 잠금쇠를 풀고, 천천히 열었다. 문
은 안쪽으로 당겨서 여는 구조였다. 연아는 밖으로 나가
지 않고 문 뒤에 숨어만 있었다.

"혼자냐? 이 새끼 봐라. 너 몇 학년이야. 확 안 나와?"

물리 선생이 칸막이 안으로 막 들어오려는 순간, 연아
가 문을 있는 힘껏 밀었다. 무방비 상태였던 물리 선생이
문에 얼굴을 정통으로 들이받혔다. 그는 얼굴을 두 손으
로 감싸며 주저앉았다. 손가락 사이로 코피가 흘렀다. 연
아는 그 틈을 놓치지 않고 쓰레기통을 집어 물리 선생의
머리통에 갖다 꽂았다. 우연하게도 둘레가 정확히 일치해
서 머리가 쓰레기통 안에 쏙 들어갔다. 그의 시야를 차단
하는 데 성공한 연아는 곧장 칸막이 밖으로 뛰쳐나갔다.
얼굴은 들키지 않았다. 이대로 도망치면 걸리지 않고 넘
어갈 수 있었겠지만, 연아는 곧바로 물리 선생의 손에 치

마를 붙들려 넘어졌다. 그는 한 손으로 쓰레기통을 벗기려고 애쓰며 다른 한 손으로는 연아의 치맛자락을 붙잡고 늘어졌다. 연아가 물리 선생을 발로 차며 떼어내려 했지만 여의치 않았다. 그는 쌍욕을 퍼부으며 치마를 찢을 기세로 잡아당겼다. 끝내 지퍼가 터져 치마가 헐렁해졌다. 두 손으로 치마를 잡고 필사적으로 당겼지만 물리 선생도 두 손으로 치마를 잡고 팽팽히 맞섰다. 연아는 끝내 포기하고 도마뱀 꼬리 자르듯 치마를 벗고 화장실 밖으로 도망쳤다.

하반신이 썰렁했다. 우선은 화장실의 반대편으로 무작정 달렸다. 외진 곳이라 다행히 사람은 없었다. 연아는 일단 미술실을 지나 체육관 뒤편에 있는 빈 터에 숨었다. 맨다리를 가릴 게 필요했다. 근처에 용도를 알 수 없는 포대 자루가 굴러다녔으나 그딴 걸로 가리고 돌아다닐 수는 없었다. 체육복 바지 같은 평범한 하의가 필요했다. 친구한테 전화해서 가져와달라고 하고 싶었지만 아무한테도 이런 모습을 보여주기 싫었다. 아니면 교실에 잠입해 체육복 바지로 갈아입는 방법도 있었지만 다음 수업이 이동수업도 아니고 더군다나 쉬는 시간에 복도를 돌아다니는 학생이 없기를 기대하는 것은 러시아워 때 도로에 차가 없기를 바라는 수준으로 현실성이 없었다.

그때 멀리서 눈에 띄는 물체가 보였다. 물체라기보다, 사람이었다. 동산의 초입에 남자 하나가 모로 쓰러져 있었다. 연아는 주위를 살피며 그쪽으로 신중하게 다가갔다.

사십 대 후반쯤 되어 보이는 아저씨였다. 가까이서 보니 흙투성이에 몸 이곳저곳이 만신창이였다. 변사체인 줄 알았는데 가슴이 오르락내리락하는 것을 보고 일단 안심했다. 코도 골고 있고, 그냥 자는 모양이었다.

왜 이런 데서 자는 걸까. 술에 취해 방랑하다 여기까지 흘러온 걸까. 어쨌든 잘 됐다. 이것저것 묻고 따지고 싶은 생각은 추호도 없었다. 연아는 남자의 바지를 벗겼다. 벨트를 풀고 지퍼를 내리고 구두를 벗긴 다음 바지 밑단부터 차근차근 끌어냈다. 벗기는 동안 주위를 경계하는 것도 잊지 않았다.

바지는 연아가 입기에는 너무 컸으나 지금은 그런 걸 신경 쓸 때가 아니었다. 연아는 흙을 대충 털어내고 바지를 입었다. 남자의 체온 때문에 뜨끈해서 불쾌했지만 하반신을 가릴 수 있는 것만도 감지덕지했다. 허리가 커서 벨트를 끝까지 조였고, 바짓단이 길어서 몇 차례 접어 올렸다. 다 입고 나니 몸빼 바지라도 입은 것처럼 푸짐했다.

그러나 입고 나서도 마음이 놓이지 않았다. 사이즈도 안 맞는 데다 흙이 묻어 더러운 남성복 하의를 입고 교내를 돌아다니면 주목을 받을 게 뻔했다. 연아는 손톱을 깨물었다. 시간은 없고, 결단은 빨리 내려야 했다. 당장이라도 분노에 찬 물리 선생이 덮쳐올 것만 같았다.

"……집에 갔다 오자."

집에 가서 새 치마로 갈아입고 오자.

집까지 가깝지는 않지만 그렇게 멀지도 않았다. 신호등도 가는 길에 두 개 정도만 받으면 되고, 쉬지 않고 뛰면 오 분 안에 도착할 수 있을 것 같았다. 갈아입고 다시 돌아오는 데에 또 오 분이 걸린다고 치면 왕복하는 데 최소 십 분이 걸린다. 연아는 손목시계를 들여다보았다. 1시 8분. 5교시 수업이 시작하기까지 아직 42분이나 남았다. 여유가 있었다.

연아는 곧장 후문으로 향했다. 후문은 교정 뒤편의 특별교실들이 위치한 곳으로 길이 나 있어 인적이 없는 편이었다. 그래도 걷는 내내 극도로 신경을 곤두세웠다. 후문 경비실을 지날 때에는 수위 아저씨에게 들킬까 조마조마했지만 점심을 먹으러 갔는지 아무도 없었다. 연아는 누구와도 마주치지 않고 무사히 학교 밖으로 빠져나왔다.

집까지 쉬지 않고 달렸다. 햇살을 받아 은빛으로 반짝이는 강변을 아무런 감흥 없이 흘겨보았다. 바지가 자꾸 내려가서 허리춤을 잡고 달리느라 바보가 된 기분이었다. 강변을 끼고 돌자 시가지가 펼쳐졌다. 행인들의 시선이 느껴졌다. 점심시간이라 도로의 분위기는 느긋했다. 이 시간에 학교 밖으로 나와본 적은 처음이었다. 내가 없을 때도 바깥세상은 잘만 돌아가고 있었다. 새삼 분하기도 하고 안심이 되기도 해서, 더 빨리 달렸다. 어서 치마를 갈아입고 학교로 돌아가야 했다.

집에 도착하자 숨이 찼다. 마당에서 잠깐 숨을 골랐다.
안에 있을 엄마를 생각하자 들어가기가 꺼려졌다. 날도둑처럼 환풍구를 타고 2층까지 몰래 올라갈까 하는 터무니없는 생각마저 들었다. 어쨌든 엄마가 집에 꼭 있을 거라는 보장은 없다. 연아는 자기가 학교에 있을 시간에 엄마가 뭘 하고 다니는지 아는 바가 없었다. 생각해본 적도 없었다. 다른 평범한 가정주부처럼 집 안을 청소하고, 화분에 물도 주고, 커피를 마시고 책을 읽으면서 시간을 보내려나. 이따금 밖으로 나가 친구들을 만나 놀러 다니고 쇼핑도 하고 카페에 들어가 수다를 떨기도 하고……. 쉽게 상상이 가질 않았다.
연아는 음소거로 도어락을 해제하고 조용히 집 안으로 들어갔다. 입구에 신발 두 켤레가 어수선하게 늘어져 있었다. 연아는 신발을 벗어 신발장 안에 숨겨놓고 복도에 발을 들였다.

거실에는 아무도 없었다. 집 안은 조용했고, 또 낯설어서 독특한 긴장감이 느껴졌다. 까치발을 들고 2층으로 올라갔다. 2층 복도에서도 인기척은 느껴지지 않았다. 연아는 동생 방을 지나 곧장 자기 방으로 들어갔다.

우선 더러운 바지부터 벗었다. 서랍에서 비닐봉투를 하나 꺼내 바지를 담고 단단히 묶은 다음 침대 밑에 숨겨놓았다. 완전범죄에 성공한 듯한 기분이 들어 마음이 울렁거렸다. 연아는 새 교복 치마를 꺼내 입고 붙박이장을 열어 전신거울을 한번 들여다본 다음 밖으로 나왔다.

거실은 여전히 조용했다. 한결 여유로워진 연아는 냉장고에서 보리차를 꺼내 마셨다. 엄마가 보이지 않아 신경이 쓰였다. 낮잠이라도 자나 싶어 무심코 안방 쪽으로 고개를 돌렸다. 문이 살짝 열려 있었다. 귀 기울여보니 안방에서 이상한 소리가 새어 나오고 있었다. 사람의 목소리였는데, 엄마의 것이 아니었다. 아빠의 목소리도 아니었고, 동생의 목소리도 아니었다. 연아는 불안을 느끼며 안방으로 다가갔다.

선뜻 문을 열기가 무서워 귀부터 갖다 댔다. 모르는 남자가 새된 괴성을 질러대고 있었다. 등줄기에 소름이 돋

왔다. 엄마의 목소리도 들렸다. 화를 내고 있었는데, 얼핏 즐거워하는 것처럼 들리기도 했다. 연아는 궁금함을 참지 못하고 문틈을 살짝 벌려 방 안을 몰래 훔쳐보았다. 그리고 뜨악했다.

연아는 셔츠의 가슴 포켓에 넣어 두었던 스마트폰을 꺼냈다. 카메라 기능을 선택하고 동영상 모드로 맞춰 녹화 버튼을 누른 다음 가슴 포켓에 넣었다. 포켓이 작아서 스마트폰의 렌즈 부분은 가리지 않고 밖으로 잘 삐져나왔다. 문을 활짝 열고 안방으로 들어갔다.

엄마가 속옷만 입은 채로 끝 부분이 뒤집개 모양으로 된 채찍을 들고 침대 위에 서있었다. 엄마의 다리 사이에는 홀딱 벗은 남자가 '큰대(大)자'로 누워 있었는데, 팔다리가 각각 침대의 끝에 묶여 있었다. 엄마는 연아가 들어온 줄도 모르고 남자의 사타구니에 채찍을 휘두르며 무아지경에 빠져 있었다. 남자는 "아아, 씨발, 죽여! 날 죽여!"라고 말하며 신음을 내지르다가, 고개를 돌려 연아를 보았다. 눈이 마주치자 남자의 표정이 굳었다.

"……연정 씨."

남자가 엄마의 이름을 불렀다. 그러자 엄마는 채찍을 더욱 세게 휘둘렀다.

"이름으로 부르지 말랬지!"

엄마가 맨발을 남자의 얼굴에 올리고 문질러대기 시작했다. 그러더니 남자의 입속으로 맨발을 억지로 우겨넣었다. 남자는 헛구역질하며 발을 뱉어내고 소리쳤다.

"저기 좀 봐!"

남자가 정색하며 연아 쪽으로 고갯짓을 했다. 엄마도 그제야 연아를 발견했다.

"……."

엄마는 채찍을 내려놓았다. 그런 다음 다소곳이 무릎을 꿇고 남자의 항문에 꽂혀 있던 총알 크기의 자위기구를 뽑아냈다. 그녀는 급할수록 돌아가라는 속담을 떠올리며 남자를 묶은 끈을 신중하게 풀기 시작했다. 남자가 성기를 가리려고 가랑이를 배배 꼬았으나 너무 꽉 묶여 있어 몸을 웅크릴 수가 없었다. 결국 그는 숙연한 표정으로 천장만 올려다보았다.

그가 "빨리 좀 풀어봐"하고 기어들어가는 소리로 재촉했다. 엄마가 아무리 끙끙대도 끈은 도무지 풀리지 않았다. 연아는 그 모습을 보며 선심 쓰듯 말했다.

"도와줄까?"

"아니."

"가위를 써." 남자가 조심스럽게 제안했다. "케이블타이라서 손으로 못 풀어."

엄마가 왜 이딴 걸 썼냐는 듯 입술을 악물었고, 남자는
시선 둘 곳을 찾지 못하다가 눈을 감아버렸다. 엄마는 침
대에서 내려와 옷을 입고 남자의 알몸 위에 이불을 덮었
다. 이불의 가운데가 볼록 튀어나왔다가 천천히 가라앉았
다. 엄마는 그것을 보고 인생이 가라앉는 듯한 현기증을
느꼈다. 그녀는 콘솔의 서랍을 열어 코털 깎을 때 쓰는 가
위를 꺼내 케이블타이를 자르기 시작했다. 그러나 일반
가위보다 날이 무뎌서 잘 듣지 않았다.

"못 본 척해줄게."

연아가 말했다. 엄마가 손을 멈추고 벙찐 얼굴로 연아
를 쳐다보았다.

"그러니까 기숙학원 없던 걸로 해줘."

"하⋯⋯." 엄마는 코웃음을 치면서 다시 가위질을 했다.
"무슨 말을 하려나 했는데 결국 그거? 안 돼. 무조건 가."

"취소 안 해주면 이거 아빠한테 다 말한다?"

엄마가 가위를 집어 던지고 다가왔다.

"말한다고 네 아빠가 믿어줄 것 같아?"

"말로 안 할 거야."

"⋯⋯뭐?"

연아는 가슴포켓에 넣어놓았던 스마트폰을 꺼내 녹화
완료 버튼을 눌렀다. 이어서 재생 버튼을 누르자 "아아,

196

씨발, 죽여! 날 죽여!"라고 하는 남자의 목소리가 또렷하게 흘러나왔다.

엄마의 얼굴에서 핏기가 가셨다. 엄마는 남자의 입속에 맨발을 쳐넣다가 화들짝 놀라며 카메라 쪽을 쳐다보는 자신의 모습을 무심하게 바라보다가, 잽싸게 손을 뻗어 스마트폰을 낚아챘다. 연아가 되찾으려고 뒤늦게 손을 뻗었지만 엄마가 먼저 있는 힘껏 내던진 후였다. 바닥과 충돌하자 액정이 갈라지고 덮개가 벗겨지며 배터리가 뽑혔다. 엄마는 이어서 콘솔 옆에 나뒹굴던 옥돌 재질로 된 망치 모양의 안마기를 집어 들고 스마트폰을 내려찍기 시작했다. 바닥이 쿵쿵 울렸다. 연아는 입을 벌린 채 그 모습을 가만히 바라만 보았다. 엄마는 스마트폰을 수백 조각으로 산산이 깨부수고 나서야 망치질을 멈췄다. 그녀는 헝클어진 머리칼을 가뿐한 동작으로 쓸어 올린 다음, 파편들을 손으로 쓸어 모아 침대 옆의 쓰레기통에 담았다.

"새로 하나 사줄게." 엄마가 말했다. "아이폰 갖고 싶다고 했지? 최신형으로 하나 사줄 테니까, 오늘 일은 못 본 걸로 해."

"엄마. 정신과 한번 가봐."

"얘가 못하는 말이 없네." 엄마가 가볍게 대꾸했다.

"그거 분노조절장애일 수도 있어."

"내가 지금 분노 안 하게 생겼어?"

"그래서 지금 엄마가 잘했다고?"

"그러게 왜 동영상 같은 걸 찍어서 사람 화나게 만들어?"

"엄마가 잘못했잖아."

"자꾸 그러면 스마트폰도 아예 안 사주는 수가 있어!" 엄마가 소리쳤다. "없이 한번 살아볼래? 나도 다른 엄마들처럼 스파르타하게 해봐? 복에 겨운 줄 알아야지."

"엄마, 지금 상황 파악이 안 돼? 무릎 꿇고 빌어도 용서해줄까 말깐데……."

"내가 너한테 무릎을 왜 꿇어?!"

엄마가 일어나 연아 앞에 섰다. 그녀의 손에는 여전히 옥돌 안마기가 들려 있어서 연아는 뒷걸음질을 쳐야 했다.

"이게 어디서 엄마를 이겨먹으려고……. 약점 잡았다고 생각하는 거면 오산이야."

"그렇게 당당한 거 보니까 아빠한테 말해도 상관없겠네."

"말해보든가."

"진짜지?"

"맘대로 해. 안 말릴 테니까."

"나 한다면 해. 후회하지 마."

"어."

연아는 안방을 나가 거실에 있는 전화기로 향했다. 수화기를 집어 들고 아빠의 전화번호를 입력했다. 곧 아빠가 운영하는 동물병원의 광고 컬러링이 흘러나왔다.

"하지만 이건 알아야 돼." 뒤따라온 엄마가 옥돌 안마기를 흔들며 말했다. "이러고 나서 나중에 우리 가족이 어떻게 될지 잘 생각해봐."

"엄마랑 아빠랑 이혼하겠지."

"네 아빠랑 충현이가 나 없이 살 수 있을 것 같아? 넌 네 생각만 해?"

동생의 이름이 나오자 연아는 망설였다. 그 모습을 본 엄마가 말했다.

"모르는 게 약일 때도 있어."

"그게 지금 엄마가 할 말이야?"

연아가 언성을 높이자마자 수화기 너머에서 아빠의 목소리가 들려왔다.

"여보세요."

연아와 엄마 모두 경직되었다. 연아는 엄마가 수화기를 뺏어 들고 억지로 끊을 줄 알았는데 그러지 않아서 오히려 난처했다. 수화기를 집어 든 것은 순전히 위협용일 뿐이었고 사실 고자질할 생각까지는 없었다.

"아빠."

"연아? 이거 집 전화번호 아니었나?"

"맞아. 집에서 걸었어."

"학교 벌써 끝났어?"

수화기 너머로 강아지가 짖는 소리가 섞였다.

"아니, 잠깐 들렀어. 아빠 지금 바빠?"

"바빠. 왜?"

"……."

연아가 침묵하자 아빠의 목소리가 진지해졌다.

"왜? 무슨 일 있어?"

연아는 엄마를 응시했다. 엄마는 가만히 서서 노려볼 뿐 미동도 하지 않았다.

연아는 각오했다.

"아빠."

"응?"

"엄마가 다른 남자랑 바람피웠어."

연아는 엄마를 똑바로 쳐다보았다.

"……응?"

"엄마가 다른 남자랑 바람피웠어."

엄마도 연아에게서 시선을 돌리지 않았다.

"………엄마가, 뭐라고?"

"엄마가 안방 침대에 어떤 아저씨 묶어놓고 옷 다 벗기고 채찍으로 때리고 있었어. 동영상 찍었는데 엄마가 내 폰 부숴서 집전화로 하는 거야. 남자 아직도 침대에 묶여 있으니까 빨리 와봐."

말하는 내내 눈 하나 깜빡하지 않았다. 엄마의 눈빛이 뾰족해서 그것을 보는 자신의 눈이 다 아플 지경이었다. 감고 싶었지만 지기 싫어 꿋꿋이 부릅떴다. 엄마의 눈이 벌겋게 달아올랐다.

수화기 너머로 딸랑이는 방울 소리가 들리고 이어서 도로의 소음이 들렸다. 아빠가 병원 밖으로 나간 모양이었다.

"하아아………." 아빠가 한숨을 뱉자 잡음이 일었다. "너네 엄마 지금 뭐하나?"

그는 딸의 말을 믿었다. 군더더기 없이 할 말만 딱 하고 마는 연아의 성격을 알기 때문이었다.

"앞에서 나 째려보고 있어. 바꿔줄까?"

"……아니. 지금 집으로 갈 테니까 기다려."

연아는 수화기를 내려놓았다. 병원에서 집까지 차로 삼십 분 걸린다. 막히지 않을 시간이니 더 빨리 도착할 것이다.

"이제 좀 속이 시원해?"

엄마가 말했다. 그녀는 애써 미소를 지으며 팔짱을 꼈다. 떨리는 몸을 추스르려는 것처럼 보였다. 연아를 한 대 치고 싶지만 꾹 참고 있는 게 분명했다.

"응, 시원해." 연아는 말했다. "이제 엄마랑 같이 안 살아도 되니까. 이혼하면 난 아빠랑 같이 살 거야."

"이혼이 쉬운 건 줄 알아?" 엄마가 소리 내어 웃었다. "그래, 딴 남자랑 바람 좀 피웠다. 그래서 나랑 네 아빠 사이가 나빠지겠지. 그게 다야. 변하는 거 아무것도 없어. 너희를 두고 우리가 이혼할 것 같아? 인생이 TV 드라마 같은 줄 아니? 바람 한 번 피웠다고 이혼하는 집 별로 없어."

"엄마 진짜 더럽다……."

엄마는 주먹을 불끈 쥐었다가 간신히 힘을 뺐다.

"마음대로 말해봐."

"내가 아빠 설득하면 돼. 엄마랑은 이제 못 살겠다고."

"그래, 이혼했다고 쳐보자. 그래도 네 양육권은 어떻게든 내가 가져올 거거든? 내가 널 놔줄 것 같아?"

"나랑 맨날 싸우고 싶어?"

"애 키우는 건 원래 싸움이야."

"난 다 컸어."

"멀었어. 전교 1등이라고 주위에서 똑똑하다 해주니까 네가 뭐라도 되는 줄 아나본데, 넌 아직 애야. 스스로를 컨트롤할 줄 몰라. 그래서 엄마처럼 옆에서 잡아줄 사람이 필요한 거고."

"이건 잡아 주는 게 아니라 묶어놓는 거잖아."

"네가 고삐 풀린 망아지처럼 구니까 그렇지."

"이런 대화 이제 지겹지도 않아? 아니, 엄만 내가 지겹지도 않아? 난 엄마가 지겨워 죽겠는데."

"난 하나도 안 지겨워."

"왜? 앞으로도 맨날 이런 걸로 끝없이 싸울 텐데 안 짜증나?"

"짜증나도 참는 게 가족이야."

"난 못 참아. 더 이상은 이렇게 못 살겠어."

그러자 엄마가 안타깝다는 투로 말했다.

"이연아야, 넌 대한민국에서 태어나서 수능을 봐서 좋은 대학에 들어가야만 하는 고등학생이고, 내가 낳아서 내 집에서 사는 내 딸이야. 그게 네 현실이라고. 그만 좀 받아들여."

"………."

연아는 대답 대신 무너지듯 주저앉아 두 손에 얼굴을 파묻었다. 눈물이 터져 나왔다. 너무 갑작스러워 스스로도 당황스러웠다. 엄마가 '받아들여'라고 말하는 순간, 여태껏 그녀를 지탱하던 보이지 않는 실이 끊어졌다. 끊어지는 소리가 분명하게 들렸다. 몸 안의 구조물들이 속수무책으로 무너져 내려 도무지 추스를 수가 없었다. 혹은 그저 울고 싶었을 수도 있다. 실은 언제나 울고 싶었다. 학교에서 공부를 할 때도, 학원 셔틀버스 안에서 음악을 들을 때도, 자려고 침대에 누울 때도, 언제 어디서 뭘 하건 간에 여하튼 울고 싶을 때가 많았다. 하지만 딱히 울어야 할 이유도 없어 꾹 참고만 있었더랬다. 왜 우는지도 모르는데 울면 이상하니까. 이제는 그 이유를 알 수 있을 것 같았다. 이런 세상에 태어난 것 자체가 슬펐던 게 아닐까.

그 속을 아는지 모르는지, 엄마가 곁에 쭈그려 앉아 연아의 등을 쓰다듬었다.

"그래, 우리 딸, 많이 힘들지? 엄마랑 같이 조금만 더 견뎌보자, 응? 엄마가 세상에서 제일 사랑하는 사람이 우리 딸인 거 알지?"

"……자퇴할래."

연아가 코맹맹이 소리로 말했다.

"응?"

연아는 토닥여주던 엄마의 손을 뿌리치고 자리에서 일어났다.

"자퇴할래."

엄마도 따라서 일어났다. 딸의 말이 진심임을 직감했다.

"알았어, 연아야." 엄마가 서둘러 말했다. "기숙학원은 없었던 걸로 하자. 그러니까……."

"아니, 됐어. 다 필요 없어, 이젠."

연아는 현관을 뛰쳐나가 마당을 가로질러 집 밖으로 나갔다. 보폭을 있는 힘껏 벌리며 전력 질주 했다. 바람이 젖은 얼굴을 때렸고, 다리의 근육이 고통으로 울부짖었다. 공기를 획획 가르는 소리가 거친 호흡과 섞여 들렸다. "연아야!" 하고 부르는 소리에 뒤를 돌아보니 엄마가 쫓아오고 있었다. 슬리퍼가 커서 뛰는 폼이 영 불편해 보였지만 멈출 것 같지 않아 보였다. 연아는 뒤에서 오는 택시를 보고 손을 흔들어 잡아탔다.

학교로 가달라고 말한 후에 숨을 돌렸다. 학교를 몰래 나오고 나서 시간이 얼마나 흘렀는지 궁금했다. 늦으면 어쩌나 싶어 손목시계를 확인하다가, 문득 그럴 필요가 있나 싶었다. 더 이상 학교가 정해놓은 시간에 속박되지 않아도 된다. 연아는 문득 자기가 하려는 짓의 심각성을 깨닫고 조금 두려워졌다. 한편으로는 후련하기도 했다. 대책 없긴 했지만 자퇴하고 싶은 마음 하나만은 꼭 붙들었다. 엄마와 연을 끊게 된다 해도 상관없었다. 이것이 처음이자 마지막 기회였다. 여기서 물러선다면 평생 잡혀 살게 될 것이다.

눈물이 그쳤다. 연아는 창밖을 바라보았다. 정리되지 않은 갖가지 생각들이 엉망진창으로 꼬여 머릿속이 뜨거웠다. 그래서 엄마가 택시를 타고 뒤따라오고 있다는 사실은 미처 눈치채지 못했다.

남자가 눈을 떴다.

그는 몸을 일으키려다 신음을 내뱉으며 포기했다. 온몸이 쑤셔 꿈쩍도 할 수 없었고, 머리가 아파 토할 것 같았다. 주위를 둘러봤으나 모르는 장소였다. 무슨 일이 벌어졌는지 이해할 수 없었다.

기억을 되살려보았다. 모텔 안에 있었다. 원조교제 상대인 여자애가 그날따라 거부하기에 강제로 범하려고 했다. 여자애가 반항하자 힘으로 제압했다. 그리고…… 그 후부터는 아무것도 기억나지 않았다. 필름이 끊긴 것처럼 뒷부분의 기억이 죄다 지워져 있었다.

목 뒤가 화끈거려 손바닥으로 짚었다가 아파서 뗐다. 화상을 입은 것 같았다. 설마 전기충격기로 지졌나. 그 애가 전기충격기를 들고 다닌다는 사실은 이전부터 알고 있었다. 납득이 안 갔다. 돈만 주면 그냥 해주던 애였는데 갑자기 왜? 그리고 왜 이런 곳에 버려져 있는 걸까. 혼란스럽기만 했다.

누운 채로 하늘을 올려다보니 해가 중천이었다. 출장을 떠나는 날인데, 예약해놓은 비행기의 탑승 시간을 이미 놓쳐버렸는지도 모른다. 휴대전화로 시간을 확인하려고 호주머니에 손을 갖다 댔다. 그런데 바지가 아닌 속옷이 만져졌다. 그는 놀라서 몸을 일으키고 하반신을 내려다보았다. 바지가 없었다.

"……염병."

그는 분노와 두려움으로 치를 떨면서, 이제부터 과거를 되짚어보려는 헛수고는 관두기로 했다. 그럴 겨를이 없었다. 당장 확신할 수 있는 것은 자신이 공격을 받았고, 바지가 벗겨졌으며, 전신에 걸쳐 상당한 상처를 입었다는 사실뿐이었다. 일단 집으로 돌아가야 했다. 남자는 격한 통증을 견디며 몸을 일으켰다.

주위에 사람은 보이지 않았다. 왼편으로는 수풀이 듬성한 동산이 있고 오른편으로는 건축물들이 몇 개 줄지어 있었다. 그의 바로 앞에서 그늘을 만들고 있는 것은 체육관 같아 보였다. 더 둘러보니 길게 뻗은 건축물의 뒤쪽으로 수돗가가 보였다. 마침 목이 말랐기 때문에 그곳으로 갔다. 멀리서 사람들이 떠드는 소리가 들려왔다. 청소년들의 앳된 목소리였다. 그는 이곳이 학교임을 깨달았다.

수돗가에 도착하자마자 수도꼭지를 틀어 입을 갖다 댔다. 이렇게나 목이 말라본 적은 처음이었다. 많은 양을 단숨에 들이켜고는 한숨 돌렸다. 그는 무심코 수도꼭지 위에 부착된 거울을 보았다가 깜짝 놀랐다. 꼬락서니가 말이 아니었다. 얼굴이며 옷이 죄다 흙투성이었고 몸 여기 저기에 피멍이 들어 꼭 패잔병 같아 보였다.

우선 세수를 했다. 마침 옆 칸에 비누가 놓여 있어 그것을 썼다. 팔다리를 씻고 머리도 감았다. 씻으면서 이제부터 어떻게 하면 좋을지를 생각했다. 일단 이곳에서 빠져나가야 한다. 그러나 바지도 입지 않은 상태에서 어떻게? 이 상태로 돌아다녔다가는 변태로 오해받을 것이다.

막막함을 느끼며 머리에 물을 끼얹고 있는데, 옆에서 인기척이 느껴졌다. 돌아보니 체육복을 입은 여학생이 이쪽을 쳐다보고 있었다. 남자가 당황하여 비누를 떨어뜨리자 학생이 움찔했다. 여학생은 들고 있던 줄넘기를 호신용 무기처럼 치켜들고 남자를 잔뜩 경계했다. 남자는 수도꼭지를 잠그고 천천히 고개를 들었다. 머리카락에서 물이 줄줄 흘러내렸다. 그는 손으로 머리를 대충 털어내고 나서, 여기가 어딘지 물어보기 위해 말을 걸었다.

"저기, 학생……."

목이 쉬어서 목소리가 삐끗했다. 학생이 겁을 먹고 뒷걸음질을 치다가 뒤를 미처 확인하지 못하고 턱에 걸려 뒤로 넘어졌다. 낙차는 심하지 않았지만 넘어지는 자세가 좋지 않아 바닥에 뼈를 부딪는 소리가 크게 났다.

"괜찮니?"

남자가 무심코 그녀를 향해 발을 내디뎠다가 실수로 방금 떨어뜨렸던 비누를 밟았다. 그는 슬랩스틱 코미디언처럼 앞으로 자빠지며 그대로 여학생을 덮쳤다. 여학생이 학교가 떠나가라 비명을 질렀다. 목청이 커서 소리가 학교 밖까지 울려 퍼졌다. 그는 깜짝 놀라 손으로 학생의 입을 틀어막았다. 말로 해봤자 안 통할 것 같아서였다. 학생은 결사적으로 저항하며 쉬지 않고 비명을 토해냈다.

근처에서 공놀이를 하던 남학생들이 비명을 들었다. 그들은 축구공을 내팽개치고 소리가 난 곳으로 뛰어갔다. 같은 반 여학생이 몸을 웅크린 채 팔꿈치에서 피를 흘리며 울고 있었다. 몇 명이 그녀를 부축해주며 무슨 일인지 물었고, 여학생은 방금 남자가 도망친 쪽을 손으로 가리켰다. 그들은 즉시 남자를 쫓았다.

남자는 열심히 뛰었다. 마른 개천을 가로지르는 다리를 건너 시멘트 바닥으로 된 넓은 공터를 내달렸다. 근처에 교내 매점이 있어 왕래하는 학생들이 많은 곳이었다. 금세 이목이 쏠렸다. 다들 그를 쳐다보았고 스마트폰을 꺼내 촬영하는 학생도 있었지만 그를 잡으려 드는 사람은 없었다. 그때 뒤에서 쫓아오던 남학생들이 소리쳤다.

"저 사람 잡아!"

"치한이다!"

그 말을 듣고 흥미가 동한 학생들이 추격 대열에 합류했다. 남자는 정문을 발견하고 그리로 달렸다. 그러나 본교사의 좌측을 끼고 돌아 가로수가 늘어선 교정을 가로지를 때쯤 되자 쫓아오는 학생들이 순식간에 불어나 스무 명 가까이 되어 있었다. 남자는 고개를 돌려 자신을 쫓는 대규모의 학생들을 흘끗 봤다가 토할 뻔했다. 아까 물을 그렇게나 마셨는데도 혀가 바싹 말랐다.

그때 운동장에서 축구를 하던 남학생들이 멀리서 추격 행렬을 지켜보더니, 축구보다 더 재미있는 일이 벌어졌음을 직감하고는 눈치 빠르게 합류했다. 그들은 우르르 몰려가 교정을 둘러싸며 학익진을 펼쳤다. 정문으로 이어지는 길이 완전히 막혔다. 진퇴양난에 빠진 남자는 썩은 동아줄이라도 잡는 심정으로 방향을 틀어 운동장을 가로질렀다. 하지만 그때는 이미 치한이 나타났다는 소문이 전교에 쫙 퍼진 후였다. 그는 자신을 구경하기 위해 개미떼처럼 몰려나온 학생들에 의해 순식간에 포위되었다. 밖으로 나오지 못한 학생들은 창문을 열고 머리를 내밀어 구경했다. 운동장과 교정이 학생들로 들끓어 흡사 체육대회를 방불케 했다.

"……잠깐, 잠깐!"

남자가 학생들을 향해 소리쳤다. 그는 이제 도망칠 생

각은 포기하고 숨부터 골랐다. 오랜만에 뛰어서 죽을 것 같았다. 학생들은 그를 중심으로 원을 그리며 둘러싸기만 할 뿐 가까이 접근하려 하지는 않았다. 거의 모든 학생들이 스마트폰을 들고 그를 촬영했다. 학생들의 얼굴보다 스마트폰 케이스가 더 많이 보였다. 깔깔거리는 소리, 찰칵거리는 소리가 쉴 새 없이 들렸고 환한 대낮인데도 이따금 플래시가 터졌다. 비리를 저지른 후 기자회견장으로 향하는 비선실세의 기분이 이럴까. 뉴스로만 접하던 것을 직접 당해보니 정신적인 충격이 상당했다.

남자는 팔로 얼굴을 가리며 항변했다.

"학생들, 진정해. 이건 오해예요. 나 수상한 사람 아니에요."

그러자 누가 "바지부터 입고 말해주세요!" 하고 말해서 좌중에 웃음이 터졌다.

"내가 벗은 게 아니야. 누가 내 바지를……."

남자의 말이 채 끝나기도 전에, 군중의 뒤편에서 "비켜!" 하는 우렁찬 고함 소리가 들렸다. 누군지 알아챈 학생들이 낮은 목소리로 웅성거렸고, 곧 군중들 사이로 모세의 기적과도 같은 한 줄기의 길이 열렸다. 거기서 물리 선생이 등장했다. 그가 들고 있는 몽둥이의 윤기 있는 부분이 태양빛을 받아 번뜩였다.

그는 평소보다 훨씬 저기압이었고, 거즈로 콧구멍을 막고 있었다. 주위가 조용해졌다. 남자는 이 학교의 실력자가 나타났음을 직감했다.

물리 선생이 주위를 둘러보며 한마디 했다.

"카메라 꺼."

학생들은 카메라 기능을 끄고 스마트폰을 호주머니에 넣었다.

"뭔 일 있냐?"

그가 묻자, 옆에 있던 학생이 "치한이에요" 하고 말해주었다.

"그래서?"

그가 추궁하자, 옆에 있던 학생이 손으로 체육관 쪽을 가리켰다. 아까 수돗가에서 남자에게 공격당한 여학생이 다른 학생들의 부축을 받아 걸어오는 모습이 보였다. 그녀는 팔꿈치에서 피를 흘리며 울고 있었다. 그것을 본 물리 선생은 몽둥이를 어깨에 걸치고 남자에게로 걸어갔다. 그는 남자가 뭐라 말하기도 전에 몽둥이로 그의 목을 강하게 후려쳤다. 좌중에 "오오……!" 하는 감탄사가 울려퍼졌고, 남자는 맥없이 쓰러졌다. 기절하지는 않았으나 짧은 순간 의식이 끊겨 저도 모르게 오줌을 한 줄기 지렸다. 그가 가까스로 정신을 차리고 몸을 일으키려 하자 물리

212

선생이 그의 관자놀이에 몽둥이를 겨냥하고 말했다.

"맞아 죽기 싫으면 그대로 있어."

남자는 이루 말할 수 없는 굴욕을 느꼈다. 비이성적인 대우에 화가 나서 대들려고 했지만, 몽둥이를 든 남자의 인상은 별로 정상적인 사회인 같아 보이지 않았다. 움직이면 진짜로 때릴 것 같은 예감이 들었다. 어쩌면 진짜 직업이 선생이 아닐 수도 있겠다는 생각이 들자 그는 퍼뜩 얌전히 굴기로 마음먹었다. 맞은 곳이 심하게 아팠고, 팬티에서는 오줌이 뚝뚝 흘렀다. 그는 불혹이 된 이래 처음으로 울음을 터뜨렸다.

물리 선생은 우는 남자를 무표정하게 내려다보고 나서 학생들에게 말했다.

"누가 경찰 좀 불러라. 소란스러우니까 다 교실로 들어가. ······그리고 2학년들은 남아라."

쇼가 파하자 학생들은 슬렁슬렁 물러갔다. 그리고 2학년들은 분부대로 남았다. 물리 선생은 코를 풀듯 콧구멍의 거즈를 빼내고 나서 2학년들에게 말했다.

"이연아 어디 있어?"

학생들이 두리번거리며 연아를 찾았지만 나와 있는 학생들 중에는 없었다.

"찾아서 교무실로 오라고 해."

2학년들이 고개를 끄덕였다. 물리 선생은 몽둥이로 자기 목덜미를 탁탁 마사지하며 돌아갔다. 그의 코에서 또다시 코피가 흘렀다.

택시가 학교 정문 앞에서 멈췄다. 연아는 돈을 지불하고 내렸다. 정문 근처에 학생들이 꽤 많이 모여 있어 분위기가 어수선했다. 안으로 더 들어가보니 학생들 사이로 경찰차가 보였다. 빨갛고 파란 경고등을 보자 연아는 반사적으로 긴장했다.

젊은 순경이 학생들에게 경찰차 앞을 막지 말라며 주의를 주고 있었다. 수갑을 찬 어떤 남자가 경찰관에게 연행되는 중이었다.

"이연아!"

누가 부르기에 돌아보니, 연아의 친구들이 그녀를 향해 걸어오고 있었다. 손에 하나씩 군것질거리를 들고 있는 걸 보니 바깥의 편의점에 갔다 온 모양이었다.

"이제까지 어디 있었어? 카톡도 씹고." 친구 하나가 말했고, 다른 친구가 이어서 말했다. "무슨 일 있었어? 고용찬 선생님이 너 찾던데……."

연아는 물리 선생의 이름을 듣고 가슴이 철렁했다. 친구들이 진심으로 걱정된다는 표정을 지었다.

"선생님은?"

"교무실." 친구들이 말했다. "너 찾아서 교무실로 데려오래. 같이 가줄까?"

"아니, 괜찮아." 연아는 가볍게 손사래를 쳤다. "먼저 갈게."

연아는 교정을 빠르게 걸으며, 어차피 자퇴할 거니 겁먹지 말자고 스스로를 다독였다.

연아가 교정을 떠난 후, 또 한 대의 택시가 학교 정문 앞에서 멈춰 섰다. 거기서 연아의 엄마가 내렸다.

그녀는 정문 앞에 서서 학교를 상징하는 기둥 조형물을 올려다보았다. 연아의 입학식 날 이후로 한 번도 와본 적이 없었으니 상당히 오래간만이었다. 내 딸이 다니는 학교. 이곳에서 성적이 가장 좋은 학생이 자신의 딸이라는 사실이 새삼 자기 일처럼 자랑스러웠다. 그러나 정작 연아는 이 모든 영광과 앞으로 이어질 찬란한 미래를 걷어차고 학교를 그만두려 하고 있다.

정말 그만둘 생각으로 뛰쳐나간 건 아니었을 것이다. 어쨌든 딸은 지금 제정신이 아니다. 이대로 풀어놓았다가는 선생들에게 안 좋은 인상을 심어주게 될 것이다. 수능 성적만큼이나 내신 성적도 중요하다. 학생기록부에 흠을

낼 수는 없다. 그렇게 되기 전에 수습하려고 부랴부랴 여기까지 따라왔다.

어쩌면 너무 과하게 몰아붙였는지도 모른다. 연아가 그 정도는 감당할 만한 그릇이 되는 줄 알았다. 이번 일로 딸을 다시 보게 되었다. 연아에게는 말하지 않았지만 이번에 보내려던 기숙학원은 SAT시험을 준비하기 위한 곳이었다. 사실 엄마가 연아에게 바라는 목표는 서울대를 넘어 하버드나 예일 같은 미국의 명문대였다. 연아쯤 되는 애라면 고2 때부터 준비해도 충분하다고 생각했다. 하지만 이제는 다 포기했다. 그냥 서울대로 만족하는 수밖에 없다. 아니, 이런 정신머리 가지고는 서울대도 힘들다. 그런 생각을 하자 갑자기 화가 치밀었다. 연아가 다니는 학교의 정문이 초라해 보였다.

그녀는 경비실 앞에서 수위에게 간단히 신상을 알리고 딸아이와 아이의 담임 선생을 만나고 싶다고 요청했다. 머지않아 연아의 담임 선생이 엄마를 마중 나왔다. 담임 선생은 키가 작고 동글동글한 인상을 가진 50대의 중년 여성이었다.

"연아 어머님 되세요?"

담임 선생이 먼저 예의를 차렸고, 둘은 웃으며 악수했다.

"여러모로 신세가 많습니다. 바쁘실 텐데 선약 없이 불쑥 찾아와서 죄송해요."

"괜찮습니다. 점심시간이라 동료 선생님들이랑 쉬고 있었어요."

"그럼 잠깐 시간 내주실 수 있으신가요? 연아 일로 말씀드릴 게 있어서요."

"그럼요. 어디 가까운 카페라도 가서……."

"아뇨, 길게 이야기할 건 아니고요, 혹시 연아 보셨어요?"

담임 선생이 보기에 연아의 엄마는 초조해 보였다. 약속도 없이 불쑥 찾아왔으니 일이 생겼음은 대강 짐작하고 있었다.

"점심시간 동안은 못 봤는데……. 연아한테 무슨 일 생겼나요?"

"실은 연아가 아까 집에 잠깐 들렀는데요, 저랑 좀 싸웠거든요."

"네에……."

"그게, 애랑 좀 크게 싸워서요. 자퇴를 한다고 난리법석을 떨고 갔거든요."

"어머, 연아가요?" 담임 선생이 눈을 크게 떴다.

"네. 화가 나서 홧김에 한 말일 텐데, 그래도 일단 걱정이 돼서요."

"그런 일이 있으셨구나……." 담임 선생은 진심으로 놀랐다. "항상 얌전하고 반에서 제일 어른스러운 아이라서……. 일단 제가 연아 만나서 이야기 한번 나눠볼게요. 자퇴가 어디 쉬운 것도 아니고……."

"우리 애는 절대로 자퇴 안 해요."

"네, 당연하죠." 담임 선생이 손사래 쳤다. "그런 뜻이 아니라, 어차피 자퇴라는 게 학생이나 부모가 원한다고 해도 쉽게 안 되는 거고. 게다가 연아는 우리 학교 기대주인데, 그런 애가 자퇴 얘기를 꺼냈다니까 놀라서……."

"네, 저야 선생님이 알아서 잘 말씀해주실 거라고 믿는데, 그래도 일단 아이 만나서 화해하고 가고 싶은데 괜찮겠죠?"

"그럼요. 일단 교무실로 같이 가실까요?"

"다른 선생님들한테 방해될까 봐 걱정이네요. 학부모가 아이 문제로 학교에 찾아오는 일이 많나요?"

"아뇨, 저희 학교에선 별로 없는 일이긴 한데……." 그녀는 눈치 빠르게 말했다. "정 신경이 쓰일 것 같으시면 교무실 말고 다른 곳에서 말씀 나누어요. 연아한테도 그게 편할 거고. 안 그래도 교무실 에어컨이 고장 나서 지금 좀 덥거든요."

"네⋯⋯."

둘은 경비에게 목례하고 나서 함께 교정을 가로질러 본 교사로 향했다.

"연아가 학교에서는 어떤가요?" 엄마가 물었다.

"훌륭하죠. 학교에 연아 같은 애들만 있으면 얼마나 좋을까 하고 생각해요. 똑똑하고 말 잘 듣고 어른스럽고 친구들이랑 관계도 원만하고. 보통 애들끼리 하는 말로 엄마 친구 아들, 엄마 친구 딸 그러잖아요? 연아는 학생들 사이에서 엄친딸이에요."

엄마는 그녀의 말을 듣고 가슴 깊이 고개를 끄덕였다. 담임 선생은 그런 그녀를 보며, 나이는 먹었지만 어딘가 애 같아 보이는 사람이라는 인상을 받았다.

"그런데 무슨 일로 연아랑 다투셨어요?" 그러고 나서 금방 덧붙였다. "말씀하기 곤란하시면 말씀 안 하셔도 돼요."

"별일 아니에요. 여름방학 동안 기숙학원에 보내려고 했는데 애가 가기 싫다고 하더라고요. 그것 때문에 며칠 전부터 집안에서 큰소리가 오고 갔었거든요. 그런데 애가 이렇게까지 드세게 나오니까⋯⋯. 이번엔 포기해야 할까 봐요."

담임 선생은 고개를 끄덕였다.

"원래 똑똑한 애들이 부모 말에 고분고분하지 않는 법

이더라고요. 자식 이기는 부모는 없다고들 하잖아요."

"⋯⋯그런가요."

"어차피 가만 놔둬도 잘 할 애니까 일단은 지켜보는 게 어떨까요? 필요하다고 생각하면 애가 먼저 기숙학원에 넣어달라고 할지도 모르고."

"애가 필요하다고 생각할 땐 이미 늦은 거죠."

"아⋯⋯. 네, 그럴 수도 있겠네요."

담임 선생은 어색하게 웃었다. 둘은 교무실에 도착할 때까지 더 이상 연아에 관한 이야기를 하지 않았다. 엄마는 학교의 부설물이나 역사에 관해 부연 설명해주는 담임 선생의 말을 대충 흘려들으며, 내내 생각했다.

그렇구나. 연아한테 한 판 졌구나⋯⋯.

연아는 노크를 하고 교무실의 문을 열었다. 복도를 지나는 학생들이 연아를 힐끔힐끔 쳐다보았다. 애써 무시하고 교무실 안으로 들어갔다. 예상 외로 냉방이 전혀 안 되어 있어 더웠다.

물리 선생은 의자에 눕듯이 앉아 두 다리를 책상 위에 꼬아 올려놓고 출석부로 부채질을 하고 있었다. 연아는 그의 콧구멍에 거즈가 끼워져 있는 것을 보고 흠칫했지만, 내색하지 않고 인사했다. 물리 선생은 말없이 몸을 추스르며 자리에서 일어났다. 연아보다 머리 하나는 더 컸다. 그는 잠시 연아를 무표정하게 내려다보다가, 서랍을 열고 교복 치마를 꺼내 연아의 눈앞에 들이댔다.

"이거 네 거지?"

"아니요."

주저 없이 거짓말이 튀어나왔다. 만약 이 일 때문에 호출 받은 거면 솔직하게 자백하자고 마음먹고 있었는데, 막상 이 커다랗고 무서운 동물이 눈앞에 벽처럼 서 있으니 그럴 용기가 싹 사라졌다. 항상 혼내는 모습만 봐오다가 직접 혼나는 입장이 되니 악몽이라도 꾸는 기분이었다.

"진짜로?" 물리 선생이 재차 물었다.

"네."

"마지막으로 묻는다." 그의 눈이 작아졌다. "이거, 진짜로, 네 거 아니냐?"

"……네."

연아는 물리 선생의 시선을 피할 겸 주위를 둘러보았다. 선생들이 하던 일을 멈추고 연아 쪽을 바라보고 있었다. 걱정과 흥미가 반반씩 담긴 표정들이었다. 그들은 연아와 눈이 마주치자 다시 하던 일로 돌아가는 척했지만 귀는 열어두었다.

물리 선생이 치마를 까뒤집어 안감 허릿단의 접힌 부분

을 젖혀 올렸다. 뒤집힌 면에 노란색 실로 된 자수가 드러났다. '이연아'라고 수놓아져 있었다.

연아는 입술을 깨물었다. 이제야 기억났다. 연아네 학교는 겉으로 명찰을 달지 않는 대신에 교복 안감에다 이름을 새겨놓는 무의미한 풍습이 있었다. 교복을 맞춘 지 1년 반이나 지난 탓에 까맣게 잊고 살았다. 등잔 밑이 어두웠다. 치마를 포기하고 도망친 순간 이미 잡힌 것이나 다름없었는데.

죄송하다고 말하려는 순간, 물리 선생이 연아의 뺨을 때렸다. 아프지는 않았지만 요령이 좋아서 소리가 컸다. 선생들이 일제히 고개를 들었다. 연아는 그저 덤덤하게 자기 볼을 어루만졌다. 그러다 문득 요즘 들어 너무 많이 맞는 거 아닌가 싶은 생각이 들었다. 맞은 볼이 뜨거웠고, 그 뜨거움은 곧 머리끝까지 치솟았다. 깨달았을 때는 이미 손이 나간 후였다.

연아가 물리 선생의 뺨을 후려갈겼다.

물리 선생이 때렸을 때보다 더 큰 소리가 났다. 선생들 모두 입을 쩍 벌렸다.

"⋯⋯⋯."

따귀 두 방에 교무실의 분위기가 초토화되었다. 물리 선생은 맞아서 고개가 돌아간 채로 한동안 굳어 있다가,

222

발작적으로 몽둥이를 집어 들었다. 안 그래도 희박했던 이성이 완전히 증발했다. 아까 운동장에서 치한을 때렸던 것보다 더 세게 후려칠 작정이었다. 여자애고 뭐고 다 필요 없고 그에게는 '학생이 나를 때렸다'는 사실만이 중요했다. 팔에 힘을 빡 주고 조준 없이 몽둥이를 휘두르려는 순간 남자 선생들이 둘 사이로 뛰어들어 뜯어말렸다.

"놔!"

물리 선생이 포효했다. 놓자마자 황소처럼 튀어나가 연아를 받아버릴 기세였다. 넷이서 달려들어도 막기 버거울 만큼 힘이 장사였다. 선생들은 어릴 적 아빠 팔에 매달려 놀던 때의 데자뷔를 느끼며 그의 팔다리를 붙잡고 늘어졌다. 그가 분에 못 이겨 몽둥이를 집어 던지자 펜이 담긴 통이며 파일철, 유자차가 담긴 컵 등이 깨지고 흩어졌다. 그가 급기야 한 선생을 집어 던졌고, 의자가 넘어지고 철제 서랍이 쓰러지며 주위가 금세 아수라장이 되었다.

교무실 안에 야생 고릴라를 한 마리 들여놓은 격이었다. 선생들은 진심으로 마취총의 필요성을 느꼈다. 이윽고 교무실 안에 있던 모든 사람들이 자리에서 일어나 물리 선생을 말리기 시작했다. 여자 선생들은 연아를 데려가 구석으로 피신시켰다. 개중에 한 명이 "너 미쳤어? 선생님을 때리면 어떡해!"라고 추궁했지만 연아는 무시했다. 교무실 문 앞에 예상 밖의 인물이 서 있어서, 거기에 온 신경이 쏠렸기 때문이었다.

"고 선생님, 진정하세요!" 막 교무실로 들어온 연아의 담임 선생이 물리 선생에게 소리쳤다. "지금 연아 엄마도 와계시단 말이에요!"

그 말에 물리 선생이 교무실의 입구 쪽으로 고개를 돌렸다. 한눈에 엄마라고 알 수 있을 만큼 연아와 똑같이 생긴 여자가 보였다. 그녀는 교무실 안으로 들어오지는 않고 문지방 뒤에서 이 모든 수라장을 지켜보고 있었다.

물리 선생이 눈에 띄게 얌전해졌다. 연아의 엄마 때문이 아니라, 그녀 뒤에 학생들이 몰려 있었기 때문이었다. 교무실 안을 구경하려는 학생들로 바깥이 시끌벅적했다. 그는 잠시 멍한 눈으로 자기가 벌여놓은 난장판을 둘러보았다. 엉망진창이 된 데스크, 뒤집어진 의자, 깨진 컵, 흩날린 종이들, 땀을 뻘뻘 흘리며 자신을 붙잡고 있는 남자 선생들, 경멸과 두려움이 담긴 눈으로 자신을 노려보는 여자 선생들…….

다들 물리 선생의 움직임에 촉각을 곤두세웠다. 연아의 담임 선생이 그의 앞을 가로막고 말했다.

"일단 앉으세요."

그를 말리던 남자 선생 두세 명도 맞장구를 치며 그의

어깨를 잡고 살살 달랬다. 물리 선생은 군말 없이 자리에 앉았다. 분노가 가라앉지 않아 씩씩대다가 한쪽 팔을 데스크에 걸친 채 물을 병째로 벌컥벌컥 들이켰다. 1라운드가 끝난 후 잠깐 쉬려고 코너에 앉은 권투선수 같아 보였다.

연아가 물리 선생을 때렸다는 소설 같은 이야기가 복도를 타고 쫙 퍼졌다. 그녀의 활약에 다들 열광했다. 몇몇 선생이 교무실 밖으로 나가 학생들을 통제했지만 소란은 좀체 가라앉지 않았다. 방학을 하루 남겨놓고 사건사고가 풍년이었다. 좀 전의 운동장 치한 사건으로 뜨겁게 달궈진 흥분이 채 가라앉기도 전에 재미있는 일이 연달아 터지는 바람에 너 나 할 것 없이 들떠버렸다. 학생들만큼이나 선생들의 분위기 역시 싱숭생숭했다. 안 그래도 에어컨이 고장 나 더워 죽겠는데 일터까지 개판이 되어 다들 짜증이 극에 달했다. 이번 일로 선생들의 위신이 땅으로 추락했음은 불 보듯 뻔했다. 애들 다 보는 앞에서 이 무슨 추태란 말인가.

연아는 놀랐다. 엄마가 설마 학교까지 따라올 줄은 몰랐다. 언제부터 들어와 있었고 어디서부터 보고 있었는지가 궁금했다. 어쨌든 자기 딸이 선생을 때리는 장면만큼은 똑똑히 봤을 것이다.

엄마는 바닥만 우두커니 내려다보았다. 충격을 받았다

거나 화가 난 것 같지는 않았다. 다만 골똘히 생각하는 것
처럼 보였다.

"다들 더워서 그래⋯⋯."

연아의 담임 선생이 딱히 누구에게랄 것 없이 모두를
향해 말했다. 다들 자리에 앉지 못하고 어중간하게 서 있
었다. 이 자리를 수습할 만한 사람은 학년 주임이자 가장
연장자이기도 한 연아의 담임뿐이었다. 그녀는 먼저 연아
에게 말했다.

"연아야, 괜찮니? 다친 데 없어?"

"선생님, 드릴 말씀이 있는데요."

연아가 거두절미하고 본론으로 들어가려 하자, 들은 게
있는 담임 선생은 억지로 대화의 흐름을 돌렸다.

"지금은 분위기가 안 좋으니까 할 말 있으면 나중에⋯⋯."

"저 자퇴할게요."

비일상적인 단어가 튀어나오자 교무실이 일거에 싸늘
해졌다. 연아는 정면충돌하기로 작정했다. 담임 선생이 도
움을 청하듯 엄마를 바라보았다. 엄마는 조용히 눈을 감
고 있었다. 쇼크를 받아 할 말을 잃어버린 거라고 판단한
담임 선생은 하는 수 없이 나섰다.

"연아야, 갑자기 왜 이래?" 그녀는 목소리를 낮췄다.
"네가 어머니랑 다툰 건 알겠는데, 그렇다고 모녀 감정을

여기까지 끌고 들어오면 안 되지."

"그런 거 아니에요. 생각하고 내린 결론이에요."

담임 선생은 피곤한 듯 눈썹을 긁었다. "안 되는 거 알잖아."

"모르겠는데요. 이것도 그냥 알려드리려고 온 거지, 허락받으러 온 거 아니에요. 마지막 인사는 제대로 드려야 할 거 같아서 왔어요."

"애야, 자퇴는 아무나 하는 게 아니야."

"왜요? 자퇴도 스펙 있어야 돼요? 그럼 방금 선생님 때려서 퇴학 스펙 쌓았으니까 됐죠?" 연아는 물리 선생을 흘겨보며 말했다. "자퇴가 안 되면 퇴학시켜주세요."

"그게 그거잖아……." 담임 선생이 혼잣말했다.

그때 물리 선생이 자리에서 일어났다. 선생들 모두가 움찔거리자 그는 안 때리겠다고 공언하고 걸어 나왔다.

"너 지금 나 협박하는 거냐?" 그가 말했다.

"아뇨, 선생님한텐 별 감정 없어요. 그냥 퇴학당하고 싶어서 때린 거예요. 아프셨다면 죄송합니다."

연아가 되바라지게 고개를 꾸벅 숙였다.

"이게 지금……." 그가 하, 하고 웃었다. "선생 갖고 장난 치네."

"장난 아닌데요."

연아의 입가에는 웃음기도 조롱기도 없었다. 물리 선생은 그제야 연아가 진심임을 깨달았다.

"학교를 왜 그만두겠다는 건데?" 그가 물었다.

"이렇게 살기 싫어서요."

"이렇게가 어떤 건데?"

연아는 무심코 엄마를 거론하려다가, 돌려서 말했다.

"어른들이 시키는 대로만 사는 거요."

"청춘 드라마 대사 같은 소리 하고 있네. 학생이 그럼 어른들 시키는 대로만 살아야지, 학교 때려치운다고 길이 저절로 열리는 줄 알아?"

"길 같은 건 찾아보면 있겠죠."

"없어." 물리 선생이 단호하게 말했다. "학교가 네 사회야. 사회는 너보다 먼저 태어난 어른들이 만들어놓은 거고. 거기서 도망친다고 네 세상이 변할 것 같냐? 전교 1등이라는 애가 머리통이 그렇게 안 굴러가?"

연아는 단호하게 고개를 저었다.

"그런 식으로 겁주려고 하지 마세요. 말이야 끼워 맞추면 다 그럴 듯하게 들리는 거고요. 잔소리는 지겨울 만큼 들어서 선생님들이 무슨 생각하는지 다 알겠거든요?"

"학교가 만만해? 다니기 싫으면 그만두는 입시학원 같은 덴 줄 아냐고."

228

"둘이 뭐가 다른데요? 똑같이 대학 들어가려고 다니는 거잖아요."

물리 선생은 순간 할 말을 잃고 입만 뻐끔거렸다. 그때 연아의 엄마가 끼어들었다.

"그럼 자퇴해."

가벼운 투라 오히려 도발적이었다.

"그렇게 잘났으면 다니지 마. 마침 잘됐네. 보호자도 여기 있으니까 지금 도장 찍자고." 엄마가 담임 선생에게 말했다. "선생님, 이 아이 오늘 부로 자퇴 처리 해주세요."

"잠깐……." 담임 선생이 모녀를 번갈아 보며 허둥댔다. "어머니까지 왜 이러세요!"

"교장 선생님 찾아가서 말하면 돼요?" 엄마가 교무실 밖으로 나갔다. "이연아, 따라와. 같이 교장실 가게."

연아도 바라던 바라는 듯 엄마의 뒤를 성큼성큼 따라나섰다. 모녀가 복도로 나가 교무실 문을 닫으려 하자 담임 선생과 물리 선생이 급히 따라 나왔다.

"다짜고짜 이러지 마시고……." 담임 선생이 말했다. "일단 대화를 해봐요. 연아가 할 말이 많이 쌓여 있었나 본데……."

"얘는 할 말 같은 거 없는 애예요. 나 있으니까 괜히 기죽이려고 이러는 거라고. 애초에 자퇴할 거면 학교를 안 나오면 그만이지 굳이 여길 왜 와? 나 열 받으라고 일부러 이러는 거잖아."

"참으세요. 어머니까지 연아랑 똑같이 이러시면 어떡해요?" 그녀는 이어서 연아에게 말했다. "그리고 너도. 엄마랑 싸워서 심란한 건 알겠는데, 사람들 앞에서 꼭 막무가내로 이래야겠어? 창피하지도 않아?"

말마따나 복도에는 보는 눈이 너무 많았다. 다들 삼삼오오 모여 드라마 촬영장 기웃거리듯 연아네를 구경하고 있었다. 흥분과는 별개로 얼굴이 화끈거렸다.

"자퇴를 하든 퇴학을 당하든, 교장 선생님한테 말씀드리기 전에 담임인 저를 거쳐야 돼요. 그 정도는 이해하시죠?" 담임 선생이 말했다.

그녀는 똑같이 문제아를 대하는 눈으로 모녀를 번갈아 보았다.

"그러니까 일단 저한테 자초지종을 이야기해주세요. 대화로 잘 해결할 수 있는 거면 별 탈 없이 갈무리 짓는 게 가장 좋잖아요."

그때 참다못한 물리 선생이 복도를 서성거리는 학생들을 향해 소리쳤다.

"구경났냐? 교실로 들어가!"

몇몇 학생들이 들어가려는 시늉을 했지만 여전히 인산

인해였다. 쉽게 말을 들을 것 같아 보이지 않았다.

"여긴 너무 어수선해. 교무실도 누구 때문에 아수라장이고……."

담임 선생이 간접적으로 질책하자, 물리 선생은 민망함을 감출 겸 학생들을 향해 더욱 언성을 높였다.

"내 말 안 들려? 들어가라고 이 새끼들아!"

물리 선생이 어깨를 세우고 학생들이 몰려 있는 곳으로 걸어갔다. 그제야 학생들이 하나둘씩 교실 안으로 도망쳤다. 복도가 순식간에 사람 하나 없이 조용해졌지만, 물리 선생은 돌아오지 않았다. 그는 가까운 반으로 들어가 애꿎은 학생들에게 고함을 치며 훈계를 해대기 시작했다. 그런 소리가 복도를 타고 간간이 들려왔다.

담임 선생은 한숨을 쉬며 모녀에게 말했다.

"일단 차분한 곳으로 자리를 옮기죠."

모녀는 담임 선생을 따라 상담실로 들어갔다.

4층의 좌측 복도 끝에 외따로 떨어진 죽은 공간이었다. 연아는 이런 데가 있다는 것은 알았지만 들어와보기는 처음이었다. 비품들이 아무렇게나 방치되어 있어 창고처럼 답답했다. 다만 창문이 열려 있었고 방금 전까지 에어컨을 틀어놨는지 공기가 약간 시원했다.

"아깐 좀 더우셨죠?"

담임 선생이 창문을 닫고 에어컨을 틀었다. 불쾌지수가 높은 환경에서는 말보다 짜증만 나오게 된다. 열기를 식히고 차분한 분위기에서 대화를 진행한다면 평화로운 결론을 이끌어낼 수 있을 거라고 담임 선생은 판단했다.

"앉으세요." 그녀가 소파를 가리키며 모녀에게 말했다. "누추하지만 일단은 여기만큼 조용한 곳이 없어서요."

연아가 먼저 앉았고, 엄마는 맞은편의 담임 선생 옆에 앉았다. 소파가 지나치게 푹신해서 부담스러웠다. 담임 선생이 교무실에서 챙겨온 차가운 캔커피를 테이블 위에 올려놓았다.

"드세요. 냉장고에서 막 꺼낸 거라 시원해요."

"고맙습니다."

엄마는 인사치레 하며 캔커피를 받아 들었지만 따지는 않았다. 연아는 캔커피를 두 손으로 꼭 쥐었다가 목덜미에 가져다 댔다. 싸늘한 게 기분 좋아서 겨드랑이 사이에도 끼우고 허벅지 사이에도 끼워가며 골고루 열을 식혔다.

"천박하게 뭐하는 짓이야?" 엄마가 꾸중했다.

"남이 뭘 하든."

"이연아."

"자, 자……." 담임 선생이 웃으며 끼어들었다. "더워서

232

그러는 건데 너무 뭐라 하지 마세요. 연아 너도, 어른들 앞에서 그러는 거 별로 보기 좋은 행동 아니야."

"네."

연아는 캔커피를 테이블 위에 얌전히 올려놓았다. 엄마 말은 안 들어도 담임 선생 말에는 고분고분 따름으로써 엄마를 열 받게 하고 싶었다. 그 철부지 같은 태도를 간파한 담임 선생은 어색하게 웃었다가 엄마의 안색이 굳은 것을 보고는 웃음을 거두었다.

에어컨에서 흘러나오는 냉기가 테이블 주위를 감돌았다. 담임 선생은 캔커피를 따며 둘을 번갈아 보았다. 모녀가 아니라 사이가 나쁜 자매를 눈앞에 앉혀놓은 듯한 기분이었다.

"제 생각엔……." 담임 선생이 운을 뗐다. "이건 자퇴를 거론할 문제는 아닌 것 같아요. 학업에 대한 갈등이라기보다는, 음…… 연아의 독립심이랑 어머니의 모성이 부딪치는 것 같거든요, 제가 보기에는."

직설적으로 말했다가 괜히 둘의 심기를 거스르고 싶지 않았다. 알고 보니 연아는 제법 성깔이 있는 아이였고, 애 엄마 역시 더하면 더했지 결코 떨어지지 않았다.

"우리 엄만 모성 같은 거 없어요." 연아가 말했다. "딸이 아프다고 하면 동물병원 가라고 하는 사람이에요."

"아직도 그거 가지고 삐져 있었어? 그냥 미워서 해본 말이잖아."

"아무리 미워도 인간 취급은 해줘야지."

"인간같이 굴어야 인간 취급을 해주지."

연아는 말하는 것 좀 보라는 식으로 눈을 말똥하게 뜨며 담임 선생을 쳐다보았다. 시선을 받은 담임 선생은 눈썹만 긁적였다. 솔직히 한 사람의 부모로서, 연아 엄마의 말에 공감하는 부분이 없지는 않았다. 그녀도 가끔씩 자기 아들이 하는 짓이 사람 새끼가 아니라 날짐승 새끼처럼 보일 때가 있기 때문이었다. 그러나 타인 앞에서 자기 자식을 저런 식으로 매도하는 태도는 심히 불쾌했다. 어른이 덜 된 사람이라는 인상이 점점 강해졌다.

"자퇴하든가 말든가 네 마음대로 해." 엄마가 말했다. "대신 자퇴하면 그때부턴 넌 내 딸 아니다."

"응. 나도 엄마 딸 하기 싫어."

"선생님, 더 상담할 것도 없어요." 엄마가 표독스럽게 말했다. "우리 둘 다 진심이니까 얘 지금 당장 자퇴 처리 해주세요."

"어머니, 진심이세요?" 담임 선생이 정색하고 물었다.

"나 한 입 갖고 두 말하는 사람 아니에요."

"자퇴하고 나면 연아를 어쩔 생각이신데요?"

"호적에서 파버리려고요."

담임 선생은 실소가 나오려는 것을 간신히 참았다. 교직에 몸담으며 여러 학부모를 봐왔지만 이렇게 철딱서니 없는 유형은 처음이었다.

"애를 내쫓으시게요?"

"나가겠다는데요, 뭐."

담임 선생이 연아에게 물었다. "가출하려고?"

"가출이 아니라 자립이요."

"고등학생이 무슨 바탕이 있어서 자립을 해?"

"보나마나 친척 집에 빌붙으려고 하겠지." 엄마가 옆에서 쏘아붙였다. "어림없어. 내가 너 문전박대하라고 다 말해놓을 테니까."

"어머니, 잠시만 좀……." 담임 선생은 결국 짜증을 냈다. "일단 연아 말부터 들어볼게요."

엄마는 실컷 들어보시라는 듯 손을 들어 연아 쪽으로 넘겨주는 시늉을 했다.

"좋아." 담임 선생은 자세를 고쳐 앉았다. "계획이나 한번 들어보자. 집 나가면 당장 잘 곳은 있어?"

"찜질방이요."

"미성년자는 밤늦게 안 받아줘."

"받아주는 데도 있어요."

"거기 갈 돈은 있고?"

"네."

"얼마나 있는데?"

"백만 원 정도요."

엄마가 눈을 부릅뜨고 연아를 쳐다보았다. 연아는 설명했다.

"얼마 전에 어떤 사람한테 잃어버린 애완견 찾아준 적 있었는데요, 사례금으로 백만 원 주겠다고 했을 때 안 받았었거든요. 오늘 연락해서 받을 거예요."

담임 선생은 고개를 천천히 끄덕였다.

"그 돈이 다 떨어지면?"

"아르바이트 해야죠."

"무슨 아르바이트?"

"찾아보면 있겠죠."

"미성년자 받아주는 데가 별로 없을 텐데?"

"아예 없지는 않잖아요."

"흠……."

담임 선생은 시선을 깔면서 연신 고개를 끄덕거렸다. 연아의 계획에 납득해서 그런 것은 아니었다. 그녀는 계속해서 물었다.

"그다음엔 어쩔 건데? 아르바이트 해서 번 돈으로 찜질방에서 먹고 자고, 그런 식으로 하루하루 살아가게?"

"일단은요."

"계속 그렇게만? 별다른 계획은 없고?"

"……아직 그다음까진 생각 안 해봤어요."

연아는 솔직하게 대답했다. 자신의 행동을 정당화하려고 있지도 않은 청사진을 즉흥적으로 날조하고 싶지는 않았다.

"그러니까 넌 지금 쓰레기처럼 살겠다는 거잖아." 엄마가 말했다.

"아니, 그런 말이 아니라……." 연아는 지겨워서 말끝을 흐렸다.

"아니긴 뭐가 아니야? 공부도 안 해, 학교도 안 다녀, 집도 없고 절도 없는 애가 밖에 나가봤자 제대로 살 수 있을 것 같아? 끽해야 낙오자들끼리 어울려 다니면서 담배나 뻑뻑 피고 길 가는 사람들 삥이나 뜯고 몸 팔고 앵벌이나 하면서 하루하루 사는 둥 마는 둥 산소나 낭비하겠지. 그런 것들을 사회에서 뭐라 부르는지 알아? 쓰레기라고 불러, 인간쓰레기. 분리수거할 가치도 없이 그냥 파묻어버려야 할 안 타는 쓰레기. 너 그대로 쓰레기 매립장에 파묻히고 싶어?"

"엄마 치마폭에 파묻히는 것보단 나아."

이제는 꼬치꼬치 반론하는 것도 귀찮았다. 폭언으로 심기를 뒤흔드는 엄마의 방식은 겪을 만큼 겪었기 때문에 아무렇지도 않았다.

엄마가 목이 탔는지 캔커피를 따서 벌컥벌컥 들이켰다. 담임 선생은 말없이 주먹을 입술에 댄 채, 심각한 얼굴로 생각에 잠겼다. 엄마는 커피를 단숨에 반 이상 마시고 캔을 소리 나게 내려놓은 다음 말했다.

"너 그거 벗어."

"뭘?"

"교복 다 벗으라고."

"왜?"

"이제 네 거 아니잖아. 집 나간다며? 그럼 이제까지 네가 가졌던 것들 싹 다 놓고 가야지."

"치사하게……."

"치사하든 말든. 난 그 교복 내 딸 입히려고 샀지 거지 부랑자새끼한테 적선하려고 산 거 아니야. 속옷 한 장 남기지 말고 다 벗어."

"싫어!"

"왜 싫은데? 창피해? 그럼 벌거벗을 각오도 없이 자립하려고 했어?"

엄마가 웃음기를 띠며 비아냥거렸다. 연아는 분해서 시선을 돌렸다가, 빨개진 눈으로 엄마를 째려보며 자리에서 일어났다. 그리고 교복 와이셔츠의 단추를 풀기 시작했다. 홧김에 잡아 뜯어버리고 싶었지만 그랬다가는 제 분에 못 이겨 눈물이 흐를 것 같았기 때문에 꾹 참고 하나씩 풀었다.

"……연아야!"

담임 선생이 놀라서 자리에서 일어나 연아의 곁으로 다가왔다.

"벗지 마! 그러지 말라니까!"

연아가 손길을 뿌리쳤지만 선생은 포기하지 않고 연아의 손을 잡다가, 이내 그녀를 끌어안아주었다. 연아도 끝내 손을 멈추고 담임 선생의 품에 얼굴을 파묻고 울었다. 집에서 실컷 울었기 때문에 더 나올 것도 없을 줄 알았는데 눈물은 여전히 뜨거웠다.

"엄마가 너무 싫어요."

"그래, 그래……."

담임 선생은 연아를 안은 채로 등을 토닥여주며 그녀의 엄마라는 사람을 쏘아보았다. 엄마는 태연한 척하는 건지 정말로 태연한 건지, 창밖만 멀찌감치 내다보고 있었다. 담임 선생은 고개를 설레설레 저었다.

연아는 금방 울음을 그쳤다. 선생은 자신의 소매로 연아의 눈물과 콧물을 닦아주었다. 그리고 연아를 천천히 앉힌 다음, 자기도 연아 옆에 앉았다. 연아 엄마의 옆에는 앉고 싶지 않았다. 담임 선생이 연아의 교복 단추를 달아주려 하자 연아가 자기가 하겠다며 스스로 달기 시작했다. 엄마는 여전히 창밖을 바라보며 캔커피를 홀짝였다. 담임 선생은 연아가 진정될 때까지 등을 조금 쓰다듬어주고 나서 말했다.

"제가 보니까, 연아가 어머님이랑 따로 떨어져 살아야 할 것 같긴 하네요."

엄마가 고개를 돌려 담임 선생을 쳐다보았다. 뭐라 말하기 전에 담임 선생이 먼저 말을 이었다.

"하지만 지금 당장은 불가능하다는 거 인정해요. 그러니까 1년 반만 참자, 연아야."

연아가 반박하려고 몸을 내밀자 선생이 손을 들어 단호하게 그녀를 막았다.

"지금 당장은 안 돼. 그건 연아 너도 받아들여야 돼. 넌 미성년자야. 자립하기엔 현실적인 제약이 너무 많아."

"……"

"하지만 1년 반만 참으면 스무 살이야. 그때부턴 성인이니까 널 쥐락펴락할 사람 아무도 없어. 네가 원하는 대로, 원하는 만큼 살 수 있어. 그때부터 자유를 추구하는 것도 늦지 않아. 오히려 빠른 거야. 서른 살, 마흔 살이 넘어도 엄마 품에 안겨 사는 사람들이 얼마나 많은데. 어린 나이에 자립하려는 네가 대단한 거지."

담임 선생이 연아의 손을 부드럽게 잡았다.

"단지 선생님이 해주고 싶은 말은, 아직은 너무 이르다는 거야. 넌 지금 하루 빨리 엄마랑 떨어지고 싶어서 조바심을 내고 있는데, 그건 너무 무모해. 엄마 말고 네 자신한테 집중해봐. 엄마랑 쓸데없이 자존심 싸움만 하다가 인생을 망가뜨리는 건 너무 아깝잖아? 네가 얼마나 훌륭하고 예쁜 앤데. 난 연아 네가 스스로를 더 소중하게 여겼으면 좋겠어. 그러니까 서두르지 말고 조금만 참자. 남은 1년 반 동안 인내심을 기른다고 생각하고. 응?"

연아는 못마땅하다는 얼굴을 했지만 딱히 토를 달지는 않았다. 일리가 있다고 생각했다. 무엇보다 포근한 태도로 자신의 편을 들어주는 담임 선생이 고마웠다. 차라리 담임 선생이 엄마면 좋았을 거라는 생각마저 들었다.

"어때, 연아야. 그렇게 할 수 있겠니?"

담임 선생이 물었다. 연아는 엄마를 노려보다가, 천천히 고개를 끄덕였다. 그러자 엄마의 어깨가 축 내려가는 모습이 보였다. 안심한 것이다.

"어머님도 동의하시죠? 스무 살이 되면 연아한테 이래라 저래라 안 하실 거죠?"

"당연하죠. 어차피 저도 그때 되면 터치 안 하려고 했어요. 그냥 조언만 해주려고 했지."

"조언이나 터치나!"

연아가 다시 들고 일어나려 하자 엄마가 말했다.

"어어, 조언도 안 할게. 입도 뻥긋 안 할게. 됐지?"

"스무 살만 되면, 내가 뭘 해도 터치 안 하는 거지?"

"어."

"진짜로, 내가 어디서 뭘 하건 절대로 절대로 신경 안 쓸 거지?"

"그렇다고 했잖아."

"대마초를 피워도?"

"미쳤어?!"

"그 정도는 돼야 터치를 안 하는 거지."

"대마초는 좀 아니잖아……." 선생이 씁쓸하게 웃었다.

"그냥 해본 소리예요."

"휴우우우……." 엄마는 산통을 겪는 산모처럼 숨을 길게 내쉬었다. "알았어. 스무 살만 돼봐. 담배를 피우든 대마초를 피우든 눈 하나 깜빡 안 할게. 정말 그냥 남의 자식 보듯이 할게."

"좋아." 연아는 고개를 주억거렸다. "그럼 1년 반만 참아줄게."

"대신 각서 써."

엄마가 불쑥 말했다. 담임 선생은 이제 다 끝난 줄 알고 캔커피를 마시려다 동작을 멈추고 엄마를 쳐다보았다. 엄마는 계속해서 말했다.

"네 말 못 믿겠어. 또 이러지 말라는 보장이 없잖아? 그러니까 지금 제삼자 있는 앞에서 각서 써."

처음에는 머뭇거렸지만, 생각해보니 괜찮은 방법 같아 보였다. 연아는 고개를 끄덕였다.

"알았어. 대신 나만 쓰면 불공평하니까 엄마도 써."

엄마도 살짝 주춤하는 듯하다가 곧 수긍했다.

"그래, 까짓 거."

연아는 종이가 어디 없나 두리번거리다가, 인체해부모형 옆에 쌓여 있던 이면지를 발견하고 두세 장 가져왔다. 펜은 담임 선생이 소지하고 있던 것을 빌렸다. 연아는 엄마 앞에 종이를 한 장 건네주고 나서 펜을 잡았다. 먼저 맨 위에 '각서'라고 큼직하게 써넣은 다음 엄마한테 펜을 건네주었다. 엄마도 맨 위에 '각서'라고 대충 휘갈겼다. 엄마가 다시 연아에게 펜을 건네주려 하자, 연아가 말했다.

"엄마가 먼저 써."

"왜?"

"엄마가 쓰는 거 보고 쓸래."

엄마는 펜을 거두고 필기할 자세를 취하며 귀찮다는 듯 물었다.

"뭐라고 써줄까?"

"나 이연정은."

"나 이연정은." 엄마는 유치원생처럼 굳이 따라 말해가며 받아 적었다.

"이연정의 딸 이연아가 스무 살이 되는 순간, 타인을 대하듯, 아무런 신경도 쓰지 않겠습니다."

"이연정의 딸 이연아가 스무 살이 되는 순간, ……그다음 뭐라고?"

"타인을 대하듯."

"타인을 대하듯……. 참나."

"아무런 신경도 쓰지 않고 조언도 하지 않고 생판 남처럼 구경만 하겠습니다."

"아까보다 길어졌잖아."

"보강한 거야."

엄마는 그러려니 하며 보강한 문장을 받아 적었다.

"그리고," 연아는 계속해서 주문했다. "계속 받아 적어."

"또 뭘? 이거면 충분하잖아."

"기숙학원 같은 데도 보내지 않겠습니다."

"그건 안 보내겠다고 했잖아."

"말뿐이면 어쩌게? 이 기회에 확실히 매듭짓자."

엄마는 곧 그것도 받아 적었다.

"됐지?"

"사인해야지."

엄마가 각서의 맨 밑에 건성으로 서명했고, 연아는 그것을 담임 선생에게 건네 그녀의 서명 또한 받아냈다.

"이걸로 나중에 말 바꾸기 없기다."

"알았다니까."

다음으로 연아가 쓸 차례였다. 엄마는 연아에게 펜을 건네주고 받아 적을 문구를 말하기 시작했다.

"나 이연아는, 기숙학원은 안 가는 대신, 이제까지 하던 대로 공부를 열심히 하고, 다니던 학원도 계속 꾸준히 다니겠습니다."

연아는 묵묵히 받아 적었다. 엄마는 문구가 못마땅했는지, 잠깐 생각하더니 곧 말을 이었다.

"그리고, 졸업하는 날까지, 단 한 번도 전교 1등을 놓치지 않겠습니다."

연아가 쓰다 말고 고개를 들었다.

"갑자기 전교 1등 얘기가 왜 나오는데?"

"눈에 보이는 객관적인 기준이 있어야지. 공부 열심히 하겠다고만 하면 진짜 열심히 하는지 아닌지 내가 어떻게 알아?"

"⋯⋯알았어."

엄마는 계속해서 말했다.

"그리고, 만약 전교 1등을 놓칠 경우에는, 기숙학원에 들어가겠습니다."

"그런 게 어딨냐?!" 연아가 발끈해서 펜을 놓았다.

"왜? 그런 각오도 없이 자립하려고?"

"휴⋯⋯. 알겠어. 쓸게."

연아는 펜을 다시 집어 들려다 무심코 손에서 놓쳤다. 펜이 테이블 모서리에 부딪치며 바닥으로 떨어져 데굴데굴 굴렀다. 주우려고 자세를 기울이다 발끝으로 툭 차는 바람에 펜이 테이블보 안으로 쏙 들어갔다. 연아는 짜증을 느끼며 펜을 주우려고 테이블보를 살짝 걷었다가, 숨을 죽였다.

"⋯⋯."

테이블 밑에 웬 사람들이 숨어 있었다.

그들은 테이블보가 걷히자 동시에 연아를 쳐다보았다. 딱히 놀라지는 않고 그저 연아를 얌전히 바라보기만 했다. 좁아 터진 공간에 네 명이나 들어가 있었는데, 다들 옷이 반쯤 벗겨진 채 처절한 표정으로 땀을 뻘뻘 흘리고 있었다. 온갖 체취가 뒤섞인 자극적인 냄새가 밖으로 새어 나와 연아의 얼굴을 살짝 밀어냈다.

연아는 저도 모르게 침을 삼켰다. 순간 무엇을 하려고 했는지 까먹었다. 자기가 왜 테이블보를 걷었는지도 기억나지 않았다. 그래서 다시 테이블보를 제자리에 덮으려는데, 연아와 가장 가까이에 있던 남자가 손을 들어 그녀의 시선을 끌었다. 연아는 덮으려다 말고 남자를 쳐다보았다. 그러자 남자가 펜을 조용히 집어 연아에게 건네주었다.

"아……."

연아는 펜을 공손히 건네받았다. 하마터면 "고맙습니다" 하고 말할 뻔했다. 연아는 테이블보를 슬며시 덮어주었다. 불쌍해 보이는 얼굴들이 하얀 천에 천천히 가려졌다.

연아는 옆에 앉은 담임 선생을 흘끗 보았다. 표정에 이렇다 할 변화는 없었고 여전히 각서만 내려다보고 있었다. 테이블보에 가려 보지 못한 것이다. 연아는 최대한 아무렇지 않은 척하며 마저 쓰려고 자세를 잡았다. 그러나 방금 본 것 때문에 집중이 잘 되지 않았다.

"……아까 뭐라고 했더라?" 연아가 물었다.

"만약 전교 1등을 놓칠 경우에는, 기숙학원에 들어가겠습니다." 엄마가 읊어주었다.

연아는 받아 적다가, 잠깐 손을 멈추고 머리를 긁적였다. 그녀는 계속 긁적이면서 각서를 써 나갔다.

"왜 웃어?" 엄마가 물었다.

"어? 어, 아니, 그냥……."

연아는 끝내 고개를 푹 숙이고 손바닥으로 얼굴을 가렸다. 한번 터지자 멈춰지지가 않았다.

"흐, 그냥……. 좀, 웃긴 일이 떠올라서……."

참느라 말이 샜다. 엄마가 정말 이상한 아이 다 보겠다는 듯 말했다.

"정신 차려. 지금 이 상황에 웃음이 나와? 방금까지 울던 애가 왜 이런대?"

선생은 이해한다는 듯 "가끔 그럴 때 있지……" 하며 연아를 애써 옹호했다. 연아는 도저히 참을 수 없어 결국 펜을 내려놓고, 한 손으로는 얼굴을 막고 다른 한 손으로는 조금만 기다려 달라는 뜻으로 손바닥을 펼치며 스스로를 진정시켰다. 어깨를 떨면서 웃다가 참다가를 1분쯤 거듭하다가 겨우 평소대로 돌아왔다.

연아는 다시 쓰기 시작했다. 더 이상 웃지 않았다. 한결 차분해진 마음으로, '만약 전교 1등을 놓칠 경우에는 기숙학원에 들어가겠다'라는 내용을 또박또박 적었다.

"됐지?" 연아가 말했다.

"아직 안 끝났어."

"이 정도면 충분하잖아."

"'서울대에 들어가겠습니다'가 빠졌잖아."

"그건 또 뭔 소린데?"

"뭐가? 이것 때문에 각서 쓰라고 하는 건데."

"전교 1등 해주면 됐지 뭘 더 바라냐고!"

"이게 웃기네? 서울대 안 갈 거면 힘들게 전교 1등 해가면서 공부를 왜 해?"

"스무 살부턴 내 맘대로 하라며. 대학 갈지 말지는 내가 결정할 거니까 엄만 참견하지 마."

"그래서 대학을 안 가겠다고?"

"몰라. 공부하면서 천천히 생각해볼래. 어쨌든 서울대는 안 가. 못 가."

"못 가긴 왜 못 가?!" 엄마가 역정을 냈다. "넌 할 수 있어! 무조건 서울대 가. 안 그러면 아무 의미도 없으니까."

"서울대가 그렇게 좋으면 엄마가 수능 쳐서 들어가!"

"이연아. 여기까지 와서 엄마랑 또 한판 붙고 싶어?"

"엄마가 먼저 시비를 걸잖아."

"서울대 가라는 게 왜 시비야? 다 네 인생 좋으라고 그러는 건데. 빨리 거기다가 쓰기나 해. '나 이연아는 서울대에 입학하겠습니다!' 그것만 쓰면 더 쓰라고 할 것도 없어."

"수능은 칠게. 대학은 들어갈게. 근데 서울대는 힘들어."

"아니, 넌 충분히 갈 수 있어."

"만약 못 가면?"

"재수해야지."

연아가 펜을 쥔 채로 테이블을 쾅 내려쳤다. 펜이 부러져서 반쪽이 멀리 날아갔다. 분위기가 다시 험악해졌다.

"어머니." 담임 선생이 끼어들었다. "그건 일단 재고해 주세요. 아무리 연아라도 서울대는 힘들 수 있으니까 너무 부담 주지 마시고……."

"연아가 왜 안 되는데요? 나름 명문이라는 학교에서 전교 1등씩이나 하는데 서울대가 왜 힘들어?"

"연아라면 갈 확률이 높지만, 그래도 너무 큰 부담은 쥐어주지 않는 편이 좋을 것 같아요. 서울대 말고도 좋은 대학은 많이 있으니까……."

"안 돼요. 무조건 서울대야. 다른 데는 거들떠도 보지마. 스무 살에 자립하고 싶으면 현역 때 잘해서 서울대 들어가. 안 되면 재수를 하든 삼수를 하든 몇 년이 걸리든 갈 때까지 붙잡아놓을 거니까."

"어머니!" 담임 선생이 급기야 화를 냈다. "왜 끝까지 안 지려고 하세요? 연아가 이렇게 힘들어하는데 한 번쯤은 져주셔도 되잖아요."

"한 번 지기 시작하면 계속 져줘야 하는 게 자식이에요. 그리고요, 난 어리광을 받아주는 게 애한테 더 못할 짓이라고 생각해요."

"이게 어리광으로 보이세요?"

"공부하기 싫다는 게 어리광이지 그럼 뭔데요?"

"누가 공부하기 싫댔어? 서울대 가는 게 싫다 그랬지!"
연아가 말했다.

"이 세상에 서울대 가는 거 싫어할 고등학생이 어디 있
어?"

"나!" 연아가 자기 가슴을 탁 쳤다. "엄마 때문에 이젠
서울대에 울자만 들어도 울렁거려. 토할 것 같다고."

"그럼 토해." 엄마는 낯빛 하나 변하지 않고 말했다. "토
하고 서울대 가."

담임 선생은 고개를 저으며 맥없이 웃었다. 연아 엄마
는 대통령이 설득해도 말이 안 통할 인간이었다.

"내가 나쁜 년으로 보이지?"

엄마가 연아와 담임 선생의 적대적인 시선을 온몸으로
받아내며 말했다.

"하지만 시간이 지나 봐, 나한테 제일 먼저 고마워할
걸? 나라고 너처럼 그런 시기가 없었던 줄 알아? 나도 한
눈 많이 팔아봤고, 너처럼 엄마랑 아빠랑 많이도 싸웠어.
끝끝내 내가 이겼고. 그래서 내가 지금 어떻게 살고 있는
지 알잖아? 연아야, 엄마는 있지, 내가 이 나이쯤 되면 뭔

가 돼 있을 줄 알았어. 근데 지금은 뭐만 남았는지 알아? 후회뿐이야. 그때 엄마 말 들을 걸 그랬다고. 그 못된 엄마 말만 들었으면 이렇게 한심하게 살진 않았을 거라고!"

"어머니, 그건 어디까지나……."

"좀 닥치세요!" 엄마가 담임 선생에게 삿대질하며 소리쳤다. "당신이 애 낳았어? 연아는 내 딸이야! 내 딸 가장 잘 아는 건 나라고!"

엄마는 벙찐 선생을 뒤로 하고 다시 연아를 향해 말했다.

"넌 내가 네 인생 망치려는 악마로 보이겠지만, 진짜 나쁜 년이 누군지 가르쳐줄까? 피도 한 방울 안 섞인 주제에 옆에서 괜찮다고 안아주고 토닥여주는 저런 인간들이야. 저딴 가식에 속아 넘어가면 안 돼. 네가 마음 약하게 먹고 질질 짜기나 하면 저런 식으로 뻔한 위로나 해주면서 자기가 상냥하다고 믿는 위선자들이 주위에 득실대기 시작한다고."

엄마는 숨도 고를 겸 담임 선생을 찌를 듯이 노려보고 나서 말을 이었다.

"남들이 나더러 지독한 엄마라고 손가락질해도 상관없어. 난 절대 굴하지 않아. 난 네가 후회할 삶을 살게 절대로 내버려두지 않을 거야. 알아듣겠어? 이게 다 너를 위해서야. 이게 엄마가 널 사랑하는 방식이고."

엄마의 눈시울이 붉어졌다. 연아를 낳고 나서 단 한 번도 울어본 적이 없었다. 물론 지금도 울지 않을 작정이었다. 약한 모습은 절대 보여주지 않는다. 딸아이가 자신의 독한 면만을 보고 배우길 원했다.

"엄만 날 천천히 죽이고 있어……."

연아는 떠오르는 대로 말했다. 엄마가 처음부터 자신을 놓아줄 생각 따위 눈곱만큼도 없었음을 깨닫자 산 채로 관속에 들어가 파묻힌 듯한 폐쇄공포에 사로잡혔다. 숨쉬기가 힘들어 호흡이 거칠었다.

"이럴 바에는 차라리 죽는 게 나아."

엄마는 홧김에 대꾸했다.

"그럼 죽어."

"진심이지?"

"그래. 이것도 못 버텨서 질질 짜는 애가 앞으로 이 험한 세상을 어떻……."

말이 끝나기 전에 연아가 부러진 펜을 내팽개치고 자리에서 일어나 창가로 성큼성큼 걸어갔다. 연아가 창문을 열고 난간 위로 올라서자, 급하게 담임 선생이 자리에서 일어났다.

"연아야……."

"오지 마세요."

진심 어린 목소리였다. 담임 선생은 너무 놀란 나머지 놀라는 시늉조차 하지 못하고 그 자리에서 얼어붙었다. 엄마가 소파에서 일어나 연아를 향해 몇 걸음 다가오다가, 멈춰 서서 팔짱을 꼈다.

"이연아, 그런 협박은 이제 안 통해."

"협박……." 연아는 싸늘하게 웃었다. "엄마 눈엔 아직도 어리광으로 보이지?"

연아는 난간에 쪼그려 앉아 고개를 숙이고 밑을 내려다보았다. 4층 높이. 각 층 창가에는 차양 따위의 별다른 돌출부가 없었고, 교정의 가로수도 이 지점부터는 끊겨 있었기 때문에 곧장 시멘트 바닥이었다. 머리부터 떨어진다면 무조건 죽을 수 있을 것이다. 연아는 문득 세상에서 가장 완벽한 해답을 얻은 듯한 쾌감을 느꼈다. 내신 시험에서 전 과목 만점을 받았을 때보다도 훨씬 더 짜릿했다. 가타부타할 필요 없이 자살하면 되는 거였다. 목숨 같은 게 붙어 있으니까 싸우고, 울고, 고통받는다. 그러니까 죽기만 하면 모든 게 해결된다. 이토록 쉬운 지름길을 왜 이제야 찾았을까…….

연아는 신고 있던 슬리퍼를 하나 떨어뜨렸다. 슬리퍼는 빙글빙글 돌지 않고 그 모습 그대로 멀어지더니, 마지막 순간 마찰음을 내며 시멘트 바닥을 때렸다. 그 덧없이 적

나라한 낙하를 관찰하고 나니 속이 울렁거렸다. 막상 떨어질 자신이 없었다. 연아는 고개를 돌려 엄마를 흘끗 보았다. 얼굴이 긴장으로 딱딱하게 굳어 있었지만 여전히 팔짱을 끼고 짐짓 여유로운 척하고 있었다. 그 작태를 보자 연아는 화가 나서 뛰어내릴 용기를 얻었다. 엄마라는 관 속에 생매장 당할 바에는 차라리 머리가 깨져 죽는 게 낫다.

"쇼하지 말고 내려와." 엄마가 떨리는 목소리로 말했다.

"엄마, 마지막 기회를 줄게. 나야, 서울대야?"

"너야말로 마지막 기회야. 지금 당장 내려와."

연아는 대답 대신 창밖을 내다보았다. 화창한 날씨인데도 눈앞이 캄캄했다. 뜨거운 태양이 망막에 검고 동그란 잔상을 남겼다.

"엄마." 연아는 말했다. "나야, 서울대야?"

"둘 다."

"욕심 부리지 말고 하나만 골라."

"까불지 말고 내려오라니까!"

엄마가 악을 빽 질렀다. 담임 선생은 옆에서 두 손을 모으고 연아를 바라보며 설득인지 기도인지 모를 혼잣말을 중얼거리기 시작했다. 연아는 다리를 펴고 일어나 창틀 위에 섰다. 등을 돌리고 두 팔을 벌려 양쪽 창틀을 잡고 바깥을 내다보았다. 운동장에서 축구를 하던 학생들이 하나 둘씩 연아를 올려다보았다. 연아는 그들을 향해 손을 흔들어주고 나서, 오른발을 떼 허공으로 가져갔다. 운동장이 크게 술렁였다.

엄지발가락에서부터 찌릿한 전기가 흘러 골반을 타고 올라왔다. 초점을 1층 시멘트 바닥에 맞추자 하얀 양말을 신은 발이 흐릿해졌다. 숨을 내뱉자 신음 소리가 흘러나왔다. 죽을 만큼 무서웠다.

"넌 못 뛰어내려."

등 뒤에서 엄마의 목소리가 들렸다. 엄마가 등 뒤로 살금살금 다가오고 있었다.

연아가 말했다. "진짜 못 할 거 같아?"

"하려면 벌써 뛰어내렸겠지."

"끝까지 안 지겠다 이거지?"

그 순간 엄마가 뒤에서 연아를 확 덮쳤고, 연아는 잡히기 전에 뛰어내렸다. 운동장의 웅성거림이 비명으로 바뀌었다. 두 발이 디딜 곳 없이 붕 떴다. 아득한 부유감이 전신을 휘감았다. 그러나 몸은 여전히 떠 있을 뿐, 추락하지 않았다. 연아는 벌써 죽어서 육체와 감각이 분리된 게 아닐까 추측하면서 질끈 감았던 두 눈을 떴다. 여전히 학교였고, 여전히 4층이었고, 여전히 이연아의 몸이었다.

웬일인지 아직 안 죽었다. 가슴이 폭력적으로 뛰었다.

궁금해서 밑을 내려다보고 싶어도 무서워서 고개를 숙이지 못했다. 떨어지기 전에 심장마비로 먼저 죽을 것 같았다. 살아야 했다. 살고 싶었다. 뛰어내린 것을 격하게 후회했다.

지푸라기라도 잡으려고 고개를 들어보니 이미 그 비슷한 것을 잡고 있었다. 떨어지는 순간 생존 본능이 비상 작동해 창가에 달린 커튼을 두 손으로 꽉 잡고 대롱대롱 매달려 있었던 것이다. 하지만 그것을 의식한 순간 두 팔의 힘이 쭉 빠지기 시작했다. 커튼의 재질은 땀을 잘 흡수하지 못했고, 손은 점점 미끄러졌다. 커튼 봉에 걸려 있던 연결 고리들이 차례차례 뜯겨나갔다. 커튼이 연아의 몸무게를 지탱하지 못하고 점점 밑으로 늘어졌다. 엄마와 담임 선생이 서둘러 커튼을 잡고 끌어당겼다. 둘 다 온 힘을 짜냈지만 자세가 좋지 않았다. 커튼은 난간에서 한 번 휘감겨 도르래 같은 형세가 되어 끌어올리기 벅찼고, 급한 마음에 둘의 손이 자꾸 겹쳐 제대로 당기기도 힘들었다. 연아는 계속 미끄러졌고 팔의 힘은 쭉쭉 빠져만 갔다.

죽는다.

연아는 확신했다.

"엄마……." 연아가 나지막이 입을 열었다.

"말하지 마." 엄마가 커튼을 잡은 상태에서 난간 위로 올라탔다. "포기하지 마."

엄마는 두 다리를 쫙 벌려 각각 창틀 안쪽에 갖다 기대어놓고 몸을 낮췄다. 직접 내려가서 연아를 잡을 작정이었다. 치마가 터지고 찢어져 맨다리와 속옷이 다 드러났지만 개의치 않았다. 그녀는 연아를 낳을 때보다 더 힘을 주며 커튼을 잡고 상반신을 천천히 내렸다. 연아는 자기에게로 천천히 내려오는 엄마를 말없이 올려다보았다. 피가 쏠린 엄마의 얼굴은 자두보다 붉게 부어올랐고 이마와 관자놀이에 드러난 시퍼런 핏줄이 꿈틀거리다 못해 터지려 하고 있었다.

엄마가 커튼을 놓은 한쪽 손을 연아에게 내밀었다. "잡아."

"못 하겠어……."

"엄마 손 잡아."

"떨어질 것 같아……."

"엄마 말 좀 들어, 제발……. 이번 한 번만."

"………."

"자, 내 손 잡아. 빨리!"

연아가 한쪽 손을 내밀어 엄마의 손을 잡았다. 그 순간 힘이 완전히 풀려 다른 손으로 잡고 있던 커튼을 놓쳤다. 엄마가 나머지 한 손까지 연아에게 내밀었으나 연아가 그

손마저 놓치자, 엄마는 순발력을 발휘하여 재빨리 연아의 머리채를 잡았다. 연아도 오갈 데 없는 다른 한 손을 휘젓다가 얼굴 앞으로 치렁치렁 늘어져 있던 엄마의 머리채를 잡았다. 그렇게 모녀는 서로의 머리채를 있는 힘껏 잡아당겼다. 안면이 활시위처럼 당겨져 둘 다 눈물이 절로 짜여 나왔다. 머리카락이 두피와 함께 통째로 뽑혀나갈 것 같았지만 그럼에도 둘은 꽉 쥔 손을 절대로 놓지 않았다. 언뜻 보면 허공에 매달려 떨어져 죽기 직전까지 싸우는 사람들처럼 보였다.

엄마는 도저히 버틸 수가 없어 딸의 손을 잡고 있던 한쪽 손을 놓고 재빨리 커튼을 팔에 휘감았다. 그와 동시에 난간에 대고 있던 다리의 힘이 풀렸고, 곧 연아를 따라 난간 밑으로 떨어져 내렸다. 연아는 그대로 엄마와 함께 밑으로 곤두박질치는 줄 알고 눈을 질끈 감았다. 하지만 엄마가 마지막에 붙잡았던 커튼이 아나콘다처럼 그녀의 팔을 꽉 휘감았다. 덕분에 매달려 살았지만 떨어지기까지는 시간문제였다. 둘의 몸무게 때문에 팔을 감싼 커튼의 매듭이 필요 이상으로 조여졌고, 엄마의 팔이 곧 잘려나갈 것처럼 비틀렸다. 팔에서 부러지는 소리가 났지만 피가 통하지 않는 덕분에 감각이 마비되어 아프지 않았다.

"누가……." 한편 담임 선생은 커튼을 붙들며 통곡했다.

"누가 좀 도와주세요!"

그녀 혼자서 연아와 엄마의 무게를 죄다 감당하고 있었다. 끌어올리는 것은 불가능했다. 떨어지지 않게 버티고 있는 것만도 기적이었다. 이대로는 단 삼 초도 버틸 수 없었다.

"도와주세요!"

담임 선생이 목구멍에서 피 맛이 날 정도로 크게 소리를 질렀다. 그녀의 목소리가 사자후처럼 운동장 밖으로 퍼져나갔다. 그러나 상담실은 교내에서 인적이 가장 드문 4층 복도 맨 끝자락의 무인 지대였다. 담임 선생은 고립된 상황에 절망을 느끼며 눈물과 땀을 줄줄 흘렸다.

그때 테이블의 이불보가 걷혔고, 거기서 네 사람이 기어 나왔다. 그들은 테이블 밑에서 계속 듣고 있었기 때문에 나오자마자 상황을 단번에 이해하고 달려왔다. 담임 선생은 갑자기 튀어나온 그들을 보고 어리둥절하기는커녕 격하게 안도한 나머지 손에서 커튼을 놓쳤다. 모녀는 허공에서 한번 출렁거렸다가 멈췄다. 놓친 순간 네 명의 구세주가 커튼을 이어받아 추락을 막았다. 그들 중 삼각 팬티에 양말만 신은 젊은 남선생이 "하나, 둘!" 하며 구령을 넣었고, 그들은 줄다리기하듯 다 함께 커튼을 끌어당기기 시작했다.

모녀는 자신들이 점점 위로 올라가고 있음을 깨닫고 생애 최고의 기쁨을 느꼈다. 더디긴 했지만 얼마 안 가 창문의 난간까지 올라왔다. 젊은 남선생이 끙끙거린 끝에 엄마의 어깻죽지 사이에 팔을 끼워 넣는 데 성공했다. 자세가 안정되자 그는 우렁찬 기합 소리와 함께 엄마와 연아를 한꺼번에 들어 올렸다. 마침내 모녀가 난간을 넘어 실내로 안전하게 들어오자 운동장에서 환호성이 터졌다. 모녀는 비로소 커튼을 손에서 놓았다. 잡아줄 사람을 잃어버린 연푸른빛 커튼은 추락하면서 공기의 저항을 받아 양탄자처럼 펄럭이며 날아다녔다. 그것은 교정을 얼마간 비행하다가 운동장에 부드럽게 안착했고, 그 주위로 체육복을 입은 학생들이 송사리 떼처럼 몰려들었다.

찰나에 폭발적으로 힘을 소진한 터라 다들 기진맥진했다. 모녀는 온몸에 힘이 빠져 바닥에 드러누웠다. 다른 사람들도 저마다 얼이 빠진 채로 숨을 골랐다. 아무도 괜찮냐고 묻지 않았다. 한동안 정적만 감돌았다. 어색함을 느낄 필요가 없는 실속 있는 침묵이 그들을 점차 진정시켜주었다.

담임 선생은 인생의 전환점이라도 맞은 듯한 심각한 얼굴로 자기 내면에 집중하는 것처럼 보였다. 테이블 밑에서 튀어나온 네 명은 서로 대화는커녕 눈길조차 주고받으려 하지 않았다. 그저 주섬주섬 옷을 챙겨 입거나, 단추를 끼우고 지퍼를 올리거나, 땀을 닦고 옷에 묻은 먼지를 털거나, 스마트폰을 확인하거나 하면서 각자 매무새를 가다듬었다.

연아는 몸을 일으켜 앉았다. 모공이 얼얼했다. 손으로 머리를 한 번 쓸어 올리자 머리카락이 수십 가닥이나 뽑혀 나왔다. 연아는 엄마를 흘끗 봤다가 헉, 하고 숨을 삼켰다.

"엄마, 팔⋯⋯."

엄마의 팔이 이상한 방향으로 꺾여 시퍼렇게 멍들어 있었다.

"괜찮아, 별로 안 아파."

엄마는 정말로 아무렇지도 않다는 듯 대답했다.

연아는 그 모습을 보고 코끝이 시큰해졌다. 커튼에 매달려 있었을 때를 떠올렸다. 자신을 내려다보던 엄마의 얼굴을 떠올렸다. 내가 떨어져 죽을까 봐 공포에 질렸던 그 표정을 기억했다. 평생 잊을 수 없을 것이다. 엄마가 뭔가를 그렇게 무서워하는 모습은 일찍이 본 적이 없었다. 엄마도 뭔가를 무서워할 줄 아는 사람이었다는 사실을 오늘 처음 알았다. 더는 엄마를 이겨먹으려는 마음이 들지 않았다.

"내가 졌어."

엄마가 말했다. 그녀는 여전히 드러누운 채로 천장만 올려다보았다.

"이제부턴 신경 안 쓸게. 네가 원하는 대로 살아. 어차피 죽다 살아난 목숨이니까."

아니야, 엄마. 내가 잘못했어. 엄마가 하라는 대로 할게. 기숙 학원도 가고 서울대도 가고 판검사 돼서 엄마가 원하는 사람이 될게, 하는 말이 차마 목구멍 밖으로 나오지 않았다. 그것은 여전히 연아가 진정으로 원하는 게 아니었기 때문이었다.

엄마를 위해서 원하지 않는 삶을 살 각오가 되어 있는가?

연아는 끝끝내 그럴 수 없었다.

그래서 연아는 엄마를 이겼다. 엄마의 팔을 부러뜨렸고, 엄마를 쓰러뜨렸다.

"엄마, 미안⋯⋯."

"이기고 나서는 미안해하는 거 아니야."

"⋯⋯응."

"명심해."

연아는 몇 번이고 고개를 끄덕였다.

"아⋯⋯." 엄마는 개운해하며 말했다. "오랜만에 담배 피우고 싶네. 선생님, 담배 있으세요?"

"아니요."

"저 있는데⋯⋯." 젊은 남선생이 말했다.

"하나만 주세요."

남선생이 담임 선생의 눈치를 보았다. 담임 선생이 고개를 끄덕이자 남선생이 담배 한 개비를 꺼내 엄마의 입에 물려주었다.

"멘솔인데 괜찮으시겠어요?"

"저도 옛날에 멘솔 피웠었어요."

남선생이 라이터로 불을 붙여주었다. 엄마는 길게 한모금 빨고 천장을 향해 내뱉었다. 폐 안에서 희석된 담배 연기가 허공을 채웠다가 창밖에서 불어오는 미풍에 부딪혀 흩어졌다. 아직도 지퍼를 못 올리고 끙끙거리던 남학생이 콜록 기침을 했다. 옆에서 보고 있던 여학생과 젊은 여선생이 답답했는지 둘이서 남학생의 지퍼를 대신 채워주었다.

연아는 엄마를 보며 생각했다. 엄마도 나처럼 어쩔 수없이 이 세상에 태어났을까? 엄마 역시 나처럼 살기 싫어 울어본 적이 있었을까? 그러던 와중에 어쩌다 보니 자신과 똑 닮은 나를 낳고, 당신의 삶을 나에게 따라놓은 걸까? 한 방울도 남김없이 말이다. 엄마는 이 모든 게 나를 위해서라고 했지만, 연아는 여전히 그 말에 납득할 수 없었다. 나를 화신으로 삼아 대리만족을 느낌으로써 자신의

삶을 사는 처지가 되어버렸을 엄마에게, 연아는 거부할
수 없는 애정을 느꼈다.

"아."

불쑥 생각났다. 연아는 주위의 눈치를 보며 조용히 말
했다.

"엄마, 그 사람 풀어주고 나왔지?"

"누구? ……아." 엄마는 담배 연기를 코로 내뿜으며 말
했다. "큰일 났네."

"그냥 나왔어?!"

"응."

"어떡해? 아빠 조금 있음 오잖아."

"벌써 도착했을걸."

그때 수업 종이 울렸다.

엄마는 담배를 바닥에 대충 비벼 끄고 주섬주섬 일어났
다. 연아가 부축했다. 실수로 엄마의 부러진 팔을 살짝 스
치자 엄마가 인상을 찌푸렸다.

"집에 가봐야겠네." 엄마가 말했다.

"병원부터 가."

"안 돼. 이거 아빠한테 보여줄 거야."

"마음 약하게 만들려고?"

"응, 너처럼."

둘은 함께 피식 웃었다가, 금세 거뒀다.

"넌 이제 어떻게 할래?" 엄마가 물었다.

"난……."

말문이 잠깐 막혔다. 정말로 이제부터 어떻게 해야 할지 감이 안 잡혔다.

"일단 5교시 수업 들으러 갈래."

엄마는 고개를 끄덕였다. 연아도 의미 없이 고개를 끄덕여 엄마의 끄덕임에 대꾸했다.

모녀가 상담실을 나갔다. 뒤따라 1학년 커플이 나갔고, 선생들도 차례차례 밖으로 나갔다. 그리고 이제는 무의미해진 각서 두 장을 남긴 채, 문이 닫혔다.

작가의 말

◇

◇

추천의 말

작가의 말

처음 뵙겠습니다. 배준입니다.

직접 겪었거나 주위들은 일들을 가지고 쓴 거냐는 질문을 여러 번 받았습니다. 〈무면허 운전〉 챕터에서 '이웅'이 면허는 있는데 면허증을 안 가지고 나와서 도망치는 장면은 21살 때 제가 저질렀던 일에서 가져다 썼고, 나머지는 전부 실존 인물 및 단체와는 아무런 관련이 없습니다.

참고로 저는 이웅처럼 정면으로 돌파하지는 않았고요, 핸들을 꺾고 유턴하려다가 1초도 안 돼서 포기하고 순순히 음주 측정에 응했습니다. 도망치려고 했으니 순경은 당연히 저를 쉽게 놓아주지 않았습니다. 음주 측정 기계를 바꿔가며 열 번 넘게 볼이 터져라 불었던 것 같습니다. 하지만 아무리 불어도 술을 마신 흔적이 없으니 순경 입장에서는 어이가 없었던 거죠.

"아니 학생, 술도 안 마셨는데 왜 튀려고 했어요?"

제가 뭐라고 둘러댔는지는 기억이 안 납니다. 다만 '면허증을 안 가지고 나왔다'고 솔직하게 대답하지는 않았습니다. 당시에 저는 면허증 없이 운전하면 불법이라고 철석같이 믿고 있었거든요. 어쨌든 죄송하다는 말을 연발하며 어영부영 위기를 넘겼고, 순경은 여전히 뒤끝이 남은 눈초리로 저를 보내줬습니다. 면허증 검사 같은 건 하지도 않았습니다.

누가 심심하니까 아무 말이나 좀 해보라고 하면 일단 이걸 이야기합니다. 솔직히 이것 말고는 딱히 더 해줄 만한 이야기가 없어요. 그만큼 지루하고 재미없는 삶을 살아왔고 앞으로도 그럴 예정입니다. 그래서 더욱 창작물에 집착하는 성격이 됐는지도 모르겠네요.

'어렵고 따분한 건 질색이다, 읽는 사람 피곤하게 만들지만 말자……'

이런 주문을 강박적으로 되뇌며 『시트콤』을 썼습니다. 모쪼록 즐겁게 읽어주셨다면, 읽는 동안 시간이 아깝지 않으셨다면 창작자로서는 더할 나위 없겠습니다. 읽어주셔서 정말 감사합니다.

배준

이 소설은 이 시대의 풍속도를 구성하는 다양한 인물과 사건들을 코믹하게 엮어가며 속도감 있게 이야기들을 펼쳐간다. 그 가운데 끝까지 관심을 끄는 것은 전교 1등인 여고생과 그런 딸을 더 잘하라고 다그치는 어머니 사이의 살벌한 갈등이다. 그녀들의 쟁투는 치킨게임처럼 극단으로 치닫지만, 결국은 적당한 수준에서 봉합된다. 그래서 극단적으로 왜곡된 현실이 있을 뿐, 그에 대한 해결책은 없다는 게 작가의 생각인 듯 보인다. '경장편'이라는 장르 자체가 가볍게 읽히고 재미가 있어야 한다는 전제를 깔고 있다면, 이 소설이 바로 그런 요구에 부합하는 작품처럼 보인다. 작가는 하나의 사건에 그와 유사한 성격의 다른 사건들을 동시다발적으로 엮어 넣으면서 우리 시대를 코믹하게 풍자하는 특이한 방법을 활용한다. 묘사보다는 동류의 사건과 느낌들을 다발처럼 엮어가면서도 경쾌한 보폭을 유지한다. 이런 점이 심사위원들의 호감을 샀다.

_황광수(문학평론가)

『시트콤』은 순위를 놓쳐서는 안 되는 "2학년 1등" 이연아와, 이미 성적 좋은 딸을 최고로 업그레이드하기 위한 어머니가 진로를 놓고 엎치락뒤치락하는 과정을 담고 있다. 첫 번째 챕터만 읽으면 이 소설의 슬랩스틱적 특성이 눈에 도드라지는데 다음 챕터로 넘어갈수록 이어지는 이야기를 기대하게 만드는 절묘한 매력이 있다. 『시트콤』처럼 두어 페이지마다 반전이 등장하는 소설은 쓰기도 어렵고 찾아보기도 어렵다. 소설을 써본 사람은 알겠지만, 이렇게 지칠 줄 모르고 반전이 계속되는 소설은 작가의 에너지가 대단히 많이 들기 때문이다. 그렇다고 기계적으로 반전만 반복되는 소설도 아니다. 결말에 이르러 읽는 이가 깨닫게 되는 것은 『시트콤』이 정교한 원환적 구성을 갖고 있다는 사실이다. 이 소설은 가벼운 외양과는 달리 진지한 미학적 고려에 의해 구상되고 쓰였다.

공모전 심사를 하며 이처럼 즐겁기는 어렵다. 나는 『시트콤』을 손에서 놓을 수가 없어 원고를 온갖 곳에 들고 다니며 읽었다. 어설픈 것 같으면서도 치밀하고, 천진난만한 것 같으면서도 성숙한 메시지를 담고 있는 작품이다.

_백민석(소설가)

작가 배준은 문장 자체로 재미를 주는 것이 아니라 재미있는 상황을 제시함으로써 재미를 느끼도록 유도하고 있다는 점에서 이야기꾼으로서의 전망이 매우 밝아 보였다. 어머니가 시키는 것은 "절대 하지 않겠다"라고 발버둥 치는 소녀의 모습에서 기성의 부조리한 것을 거부하고 새로운 세상을 살고자 하는 현 세대 젊은이들의 강력한 목소리를 목격할 수 있었다. 그런 면에서 이 소설이 지닌 흡입력 있는 서사는 시대성과 밀착함으로써 그 의미를 극대화하는 것으로 보인다. 무엇보다 재미있는 소설을 독자들에게 소개할 수 있게 되었다는 점과 이런 서사를 지속적으로 써낼 수 있는 능력을 지닌 작가를 발견하게 되었다는 점에서 매우 기쁘다.

_배상민(소설가)

『시트콤』은 언캐니(uncanny)했다. 어디선가 많이 본 것 같은데 어디서도 본 적이 없다. 첫 장을 읽자마자 이 작품이 당선작이 되리라는 것을 직감했다. 가독성이 첫 번째 장점이다. 두 번째 장점은 문장이 아니라 상황과 장면에 집중한다는 점이다. 글이 동영상으로 재생되는 느낌이다. 소설은 있을 법하지만 결코 일어나지 않을 사건들을 꿰어 황당무계한 아수라장을 만들어낸다. 문장은 유려하다기보다 직관적이다. 재치 있거나 코믹한 표현이 없음에도 카니발적 상황 자체로 웃음이 터진다. 어쨌든 잘 읽힌다는 건 분명하다. 심사위원들은 만장일치로 『시트콤』을 당선작으로 선정했다.

_박권일(사회비평가)

시트콤

ⓒ 배준, 2018

초판 1쇄 발행일 2018년 9월 15일
초판 5쇄 발행일 2020년 7월 22일

지은이   배준
펴낸이   정은영
편집   안태운
마케팅   이재욱 최금순 오세미 김하은
제작   홍동근

펴낸곳   (주)자음과모음
출판등록   2001년 11월 28일 제2001-000259호
주소   04047 서울시 마포구 양화로6길 49
전화   편집부 (02)324-2347 경영지원부 (02)325-6047
팩스   편집부 (02)324-2348 경영지원부 (02)2648-1311
이메일   munhak@jamobook.com

ISBN 978-89-544-3907-7 (03810)

이 도서의 국립중앙도서관 출판예정도서목록(CIP)은 서지정보유통지원시스템 홈페이지
(http://seoji.nl.go.kr)와 국가자료공동목록시스템(http://www.nl.go.kr/kolisnet)에서
이용하실 수 있습니다.(CIP세어빈호: CIP2018026714)